君だけが僕の奇跡

千地イチ
ICHI SENCHI

イラスト
奈良千春
CHIHARU NARA

Lovers Label

CONTENTS

0

その日、渋谷駅の改札を出ると、見慣れたはずのそこは知らない世界に変わっていた。

その場で立ち尽くし、身動きが取れなくなる。

駅の壁に貼り巡らされたそのポスターを目にして、身も心も、すべてを奪われてしまったと思った。

全神経が、俺の頼りない視神経に集約され、瞬きや呼吸の仕方も忘れてしまった。渇いた喉は震えて、心臓はまるで耳元で鳴っているかのようにうるさい。

行き交う人の波は、ポスターの前に立ち止まって微動だにしない俺を、迷惑そうに横目に見やって通り過ぎていく。けれど今の俺には、他人を気にする余裕がなかった。

世界中にあるすべての色の中から、美しいものだけを集めて、ひっくり返してぶちまけたような極彩色――これが〝色〟だ。

俺は腕を伸ばし、ポスターに触れた。これが欲しくて欲しくてたまらない衝動に駆られた。ポスターの角を指先でつまみ、剥がしにかかった。強引に捲り上げると、白い裏面が覗く。

そのとき、俺の肩にトンと誰かの手が触れた。大きな手だった。丸く潰れた不格好な爪が、虹色に輝いているのを、俺の目は確かに捉えた。

「あの、怒られますよ」

虹色の爪をした男がそう言った。

俺は目が悪い。

目に映るものすべてが、白黒にしか見えない。

だから、極彩色の絵を見たのも初めてだったし、虹色の爪をした男を見るのも、初めてだった。

これを〝運命〟と思って、なにが悪い。

1

『どうしても、武に絵を描いて欲しい仕事があるのよ』

数か月前、電話口で歯切れのいい声がそう言った。

音楽イベントのイメージイラストの仕事を僕に持ちかけたのは、美術大学時代の同級生、藤浦奈々緒だった。社交性に欠け、人見知りの僕は、学生時代から行動的で姉御肌の彼女にいつも連れ回されていた。その奈々緒は現在、大手広告代理店でデザイナーとして働いている。

その彼女に、こんなふうに仕事を頼まれるのは初めてじゃない。けれど、断るのだって初めてじゃなかった。

「またそういう話なら、もう電話切っていいかな?」

『ちょっと、待ちなさいよ！　今回のはホント、めちゃくちゃいい話なの！』

「……あのね、僕は画家でもアーティストでもないんだから、そういう仕事はしないって、何度も言ってるじゃないか」

平日の午後、遠くからは子どもがキャッキャとはしゃぐ声が聞こえている。子どもたちの授業の最中だった。僕はいわゆる〝お絵かき教室〟の先生なのだ。

奈々緒がこうして仕事の依頼を持ちかけてくるのは、単に仲が良いという理由でないことはわかっていた。学生時代からの付き合いだ、彼女は僕の作品に信頼を置いてくれている。だが、自分の絵を作品として世の中に発表する気は、今の僕にはない。

『このやり取りも毎度おなじみになってきたわね。さすがに私だって、あんたの言い分はわかってるわよ、耳タコだわ。それでも駄目なの。今回ばかりは、絶対に逃がさないわよ、武』

普段なら二、三言のやり取りで引き下がる奈々緒が、そのときは珍しくそう息巻いた。

それからというもの、三日に一度は電話が鳴り、今回の仕事の魅力について力説された。その上、パソコンのメールにもあらゆる資料が送られてくる始末だ。

そんな日々がおよそ二か月続き、最終的に根負けしたのは絵描きとしての欲ではなく、友人としての情が理由だった。

仕事を受けるにあたっては、名前を公表しない、金も受け取らないという条件を出した。友人として奈々緒の仕事の手伝いをすることにしたのだ。

そして僕は、淡い黄色をベースに、大小さまざまな春の花を、画面いっぱいに敷き詰めた絵を描いた。画材は、普段子どもたちにも使わせているアクリル絵の具とクレヨンがメインだ。

そこに奈々緒がPERFECT SPRINGのロゴを入れた。今年のゴールデンウィーク中に三日連続で開催される、J-POPの野外ライブイベントの名称だそうだ。今年で三度目の開催になるらしいが、僕にはあまり縁のないものだと思っていた。

そんな仕事をしたことすら忘れかけていたその日、僕は昼過ぎに自宅の最寄り駅の自由が丘から東急東横線に乗った。好きな絵本画家の展示会に行くためだったが、食料品の買い出しくらいしか家から出ることのない僕にとっては、久々の外出らしい外出だった。

そして、目的の渋谷駅で降りた僕は唖然とした。

この四月から始まる新作ドラマのポスターを隅に追いやって、見覚えのある絵——PERFECT SPRINGのポスターが、駅構内に所狭しと貼り巡らされていたからだ。

確かに絵の依頼は受けた。ポスターやフライヤーなどに使用されることもわかっていたが、まさかこれほどまでの規模で宣伝されることになるとは思ってもみなかった。

ふいに僕のそばで立ち止まった若い女性が、ケータイのカメラをポスターに向け、シャッターを切る。ポスターには日時やチケット発売日、出演アーティストなどの詳細が記されている。それが目当てだとわかっていても、まるで自分が注目を浴びているような、いたたまれない気持ちになった。

恥ずかしさにほとんど顔を上げられないまま改札を出たが、そこにもポスターがひしめいている。さっさと通り抜けてしまおうと人の波に乗ったとき、ふとポスターを見つめ、立ち尽くしている青年の姿に気付いた。

今時の若者らしい、細長いシルエット。大学生くらいの年頃だろう。ポスターを見つめる派手な金髪の横顔は、美少年の名残を感じさせた。ツンとした鼻先や唇が生意気そうに見えた。原宿系とでもいうのだろうか、幾何学柄のパーカーは派手なネオンカラーで、スニーカーはピカピカの金色だった。嫌でも視界に入って来る。

随分と熱心に見ているな、と何気なく彼の姿を見ていると、その青年が突然ポスターを剝がし始めたのでぎょっとした。こんな往来でポスターを盗んで行こうだなんて、大胆にもほどがある。僕は慌てて人の波から抜け出ると、青年の肩を叩いた。

「あの、怒られますよ」

顔を上げた彼の、きゅっと吊り上がった切れ長の瞳は色素の薄い灰茶色をしていた。それは僕の顔ではなく、肩に触れた手を見た。僕の爪の間には、絵の具の残骸がこびりついたままだった。午前中、自宅で絵を描いていたせいだ。はっとして手を引いた。もちろん絵の具はすっかり乾いているが、汚れた手で触れるのは失礼だろう。

「すみません。でも、ポスターを剥がして持って行くのは、駄目ですよ」

「……欲しいんだ、この絵が」

彼は僕の指先ばかりを目で追ったまま言った。少し高めのよく通る声だった。ぼそりと放たれたはずなのに、その声はまるで風のように、僕の頬のあたりを涼やかに通っていく。

「えーっと、……あっ、じゃあ、これで良ければ、どうぞ」

僕は持っていた鞄から、B5サイズのチラシを抜き取って差し出した。PERFECT SPRINGのポスターをそのままチラシにしたものだ。奈々緒から受け取り、入れっぱなしになっていた。

「…………」

青年は無言のままそれを受け取ると、素っ気なく頭を下げる。視線は相変わらず僕を見ることはなく、チラシにくぎ付けだ。これでもう大丈夫だろう。僕は「では」と短い挨拶を残して、人の波に戻った。

イベントの詳細を手元に記録しておきたいなら、ポスターを盗まずとも、ケータイで写真を撮るか、インターネットを開けばすぐなのに。

だがあの青年は「ポスターが欲しい」とは言わなかった。「絵が欲しい」と言った。それに深い意味がないとしても、僕はそれがなんだか少し嬉しいことのような気がしていた。

駅を抜け、人のごった返した日曜日のスクランブル交差点を突き抜ける。四月上旬、まだ風は冬の寒さを孕んでいる。チラシはもう数枚、鞄の中に入れっぱなしだった。だが、僕はこれをもう誰にも見せるつもりはなかった。


――自由が丘の駅から少し離れた住宅街に、僕の小さなアトリエ『武絵画教室』はある。

決して大金の入る仕事ではないが、これといって贅沢な趣味もないので、生活には事欠かない。それに、もともと子どもが好きで始めたことだ。仕事は楽しかった。

僕は高校卒業後、大阪から上京して都内の美術大学に入学した。東京暮らしももう十年以上経っているせいか、同郷の人間と口をきかない限りは、すっかり関西弁が口から出ることもない。

僕の大学合格祝いに、父が贈ってくれたのが今の住まいだ。このアトリエは、現在建築デザイナーをしている父が若かりし頃に建てた家だそうだ。

三階建ての小さな一軒家で、狭い土地に無理に押し込むように建てられているので、間取りはやや細長く微妙にくの字に曲がっている。一階がアトリエ、二階が住居、三階は倉庫になっている。

　僕は大学在学中に、古かったその家を改装した。大学を卒業したら高校の美術教師になろうと思っていたが、アトリエを譲り受けてすっかり気持ちが変わった。ここで先生をしながら暮らそうと思ったのだ。

　設計は自分で考え、知り合いの業者に安く頼んだ。一階のアトリエスペースには特に細心の注意を払った。壁は真っ白に塗り直し、仕切りを極力少なく、ひとつのスペースを大きく取る。窓を大きくし、太陽の光が目いっぱい入るようにした。忙しい父に何度も連絡を取って、構造を見てもらい微調整を繰り返した。現在、入口には、『たけ　かいがきょうしつ』とひらがなで書かれた可愛らしい看板を掲げてある。

　父は海外でも活躍する有名な建築デザイナーで、一年のうちのほとんどを海外で過ごしている。母は元劇団女優だったが、僕を妊娠したときに引退したらしい。現在は自宅の一部でネイルサロンをしている。二年前までは裁縫、一年前まではアロマに凝っていると電話で話していた。気まぐれで多趣味で、そして行動力に溢れたパワフルな母だ。

　三歳年下の弟は、そんな両親によく似ている。文武ともに長け、派手なことが大好きで、顔が広く弁が立った。僕は幼少期から気が弱く、目立つことが嫌いだったせいか、弟とはよく比較されたものだ。その弟は現在、アニメやゲームのＢＧＭ、主題歌などの作曲家をしていて、毎週木曜日の深夜にはラジオ番組も持っている。今や売れっ子で、その業界ではすっかり有名人らしい。

　輝かしい経歴を持つ両親や、才気溢れる弟に対して、思春期のころから長い間、強い劣等感を抱き続けていた。けれど、教室を開くことを話したとき、父が僕のことを「自慢の息子や」と言ってくれたことに救われた。自分は恵まれた幸せな人間だと思った。

そしてその教室も、始めてからもう七年が経ったが、これといって大きな問題もなく、運営は良好だった。

『――ねぇ、武。これからも絵の仕事を受ける気はないの?』

奈々緒からそんな電話が入ったのは、渋谷から帰宅し、翌日の授業の準備をしていたときだった。

「ないけど、どうして?」

『PERFECT SPRINGのポスターを見た各所から、イラストレーターは誰だって問い合わせが来てるって話はしたでしょ? もちろん、武の言う通り、どこにも公表してないけど、でも……』

奈々緒はそう言い、しばし躊躇ってから、切り出した。

『……ねぇ、Liolineって知ってる?』

遠慮がちな問いに、僕は短く「いや」と答えた。聞けば、Liolineは、今度のPERFECT SPRINGにも出演する日本のR&Bグループだそうだ。CMで楽曲が流れたり、テレビの音楽番組に出ることもあるそうだが、音楽はほとんど聴かず、テレビもラジオもろくに電源を入れない僕は、有名人には疎い。

『Liolineのメインボーカルの椎名さんから、直々にうちの会社に電話があったの。ついさっき、話したばかり。私、柄にもなく興奮しちゃった。まだ、胸がドキドキして手が震えてる』

早口でそう告げる奈々緒の声は上ずっていた。彼女はどうやら、その椎名という歌手のファンらしい。

『椎名さんが、あなたに絵を描いて欲しいって。新しく出す予定のアルバムのジャケット用に。もちろん断った。描き手の情報は非公開で、話を取り次ぐこともできないって。でも粘られた。どうしてもあなたじゃなきゃ駄目だって』

「……そう言われてもね」

『うん、本人に伝えたってきっと受けないとも言った。でも、それなら来て欲しいって。PERFECT SPRINGに。Liolineのパフォーマンスを見て、決めて欲しいって、そう言われた。私、もうこれ以上は断れなかった。嬉しかったの。椎名さんと話をしたこともそうだけど、あなたの絵を、こんなにも熱烈に好きだって言ってくれる人がいること……』

奈々緒は通話を切るとき、「これって幸せなことだよ、武」と言った。はつらつとした彼女からは想像もつかない、優しく諭すような声だった。

結局、僕はPERFECT SPRINGに出向くことを承諾した。無視をするのは簡単だったが、奈々緒の顔を潰すのも気が引けたからだ。Liolineの出番は、ライブ最終日のラストから三番目だ。奈々緒が仲介人として付き添うことになった。

パフォーマンスを見てから決めろというのであれば、その通りにするまでだと思った。どんなに素晴らしい楽曲や歌声を披露されても、仕事は受けない。面と向かってはっきりと断ればいい。

絵を描くということを愛する気持ちは、幼いころから変わっていない。自分の絵が下手とも思わなければ、才能がまるでないとも思わない。現にこうして人に絵を教える立場でもある。自分の絵を高く評価してくれる人がいるということは、奈々緒の言う通り素晴らしく幸せなことだとも思った。

けれど僕はただ、今の生活を守りたかった。元気な子どもたちに囲まれ、優しく静かな毎日を送って、そして年老(としお)いてひっそりと死にたかったのだ。

ゴールデンウィークに入ると、暦(こよみ)通り僕の教室も休みになる。その間、僕は気ままに映画や美術館には足を延ばしたが、きちんとした予定はPERFECT SPRINGだけだった。

昼過ぎから夜まで続くイベントだが、僕が行くのはLioline の出番のあるころ、夜の十九時に会場に到着すれば良いらしい。

おそらくLioline のメンバーや関係者と顔を合わせることにもなる。加えて野外の音楽イベントなど行ったことがなかったが、スーツは適当ではないと考え、結局なんでもない普段着になった。ジーンズに白いコットンシャツ、グレーのカーディガンにジャケットを羽織(はお)った。靴(くつ)はスニーカーだ。小綺麗(こぎれい)な格好(かっこう)ではなかったが、どうせ断る仕事だ。悩みすぎるのも馬鹿らしい。

夕方の十八時、会場の近くのカフェで奈々緒と待ち合わせた。すらりと背が高く、小さな顔にはっきりとした目鼻立ちの奈々緒は、混みあった店内でも目立っていてすぐに見つかった。ほかの男性客がちらちらと奈々緒に視線をやるのをわかっていながら、彼女に声をかけるのは少々気が引ける。周囲に奈々緒の恋人だと思われるのが学生時代からの悩みだった。

「武！」

歯切れよく僕の名前を呼び、奈々緒はひらひらと手を振った。多くの視線が自分に刺さるのを感じながら、その正面の椅子に腰を掛けた。

奈々緒はタイトなジーンズにピンヒールのロングブーツ。シンプルなTシャツにネルシャツを重ね、厚手のベストを羽織っていた。僕は彼女も仕事着ではないことにほっとした。

「さっき、Liolineのマネージャーさんとは連絡を取ったの。出演が終わったあと、控室に会いに行くからね」

「……うん」

「もう、気のない返事」

奈々緒は呆れたようにそう言って、僕の肩を小突いた。

テーブルの上にいくつかLiolineの資料が広げられている。紙面にはメンバープロフィールや略歴がまとめてあった。

Liolineは男性三人から成るR&Bのシンガーグループだ。

メインボーカルは、三十二歳の椎名。今回僕をこのイベントに呼んだ張本人だ。アメリカ出身の椎名は、幼少期からR&Bやゴスペル、ブラックミュージックに親しんでいた帰国子女。日本に移ってからLioline結成に至るまでの間は、ソロで音楽活動をしていたらしい。

作曲家、演奏家でもあるリーダーの川久保は三十五歳。ソロでいまいち芽の出なかった椎名に目をつけた、Liolineのプロデューサーでもある。

Liolineはメンバーの年齢のわりに結成してまだ日が浅い。活動を始めたのはほんの三年前だ。PERFECT SPRINGへの出演も今回が初となる。現状、爆発的な人気や売り上げを博しているわけではないが、じわじわと知名度を上げてきているらしい。それが今回のPERFECT SPRING最終日の、ラストから三番目という順番に現れているのだそうだ。

そして、三人目のメンバーは二十三歳と、随分と若い。さらに加入してまだ半年という彼の名前は、倉沢慎吾と記されていた。入りたてのせいか情報は少ない。大学時代にアカペラサークルに所属、路上で歌っていたところを椎名が直々にスカウトしたとあった。

「彼は高音のコーラス担当。ピュアな歌声と今風のビジュアルに、若い女の子たちも注目してる。もちろん彼らは実力派アーティストで、アイドル的な売り方はしてないけど、三人ともビジュアルはそれなりに整ってるんだよね」

資料にはアーティスト写真も載っていたが、いかんせん白黒だ。コントラストの強いもので、顔はよくわからなかったが、それぞれ顔立ちが整っているのはなんとなく見て取れた。

「へえ、それで、奈々緒は椎名さんのファンなの？」

「ああ、やめて、今から緊張しちゃう。近くで見たら、妊娠するかも」

奈々緒はそんな冗談を言ったあと、胸を押さえてほうっと熱っぽいため息を吐いた。

会場には、十八時四十五分に入った。すっかり日が暮れていたが、空は晴れていた。東京でも星がぽつぽつと浮かんで見えるほどだ。

会場は十代から三十代くらいの男女で溢れ返っていて、僕は奈々緒に引きずられるように確保されたスペースへと案内された。ステージからほど近い、向かって左側の端あたりだった。慣れない雰囲気に、ついキョロキョロと周囲を見渡してしまった。背後には人だかりがざわめいている。そのひとりひとりの顔に疲れは見えない。誰もがみな、この場の空気を楽しんで、胸を躍らせ、次のパフォーマンスを待っているように見えた。ひとり溶け込めないままの僕は、なんだか置き去りにされた気分だった。

現在ステージの照明は落とされていて暗い。スタッフが忙しなく動き回り、Lioline のステージの準備を行っていた。

「ねぇ、武。ちゃんと見ててね、ちゃんと聴いて、ちゃんと感じてよね」

奈々緒はいまだ暗いステージを見つめたまま、そう言った。Lioline の登場を待ちわびて、大きな瞳をきらきらとさせていた。学生時代から何人もの男たちを掃いて捨ててきた彼女の目が、今はまるで初恋に胸を躍らせる少女のように見えた。

間もなくしてステージの照明がつくと、背後からは割れんばかりの声援がどっと上がり、僕は思わず肩を竦めた。耳に痛いくらいの、悲鳴にも近い黄色い声は、ステージ袖から三人の男たちが現れると、さらに熱量を増す。

ずらりと演奏家たちがステージの奥に楽器を構えて座り、ステージ手前側のピアノの前にはハットをかぶった黒スーツの川久保が座った。濃口な顔立ちのクールな眼差し。

中央には、グレーのスーツ姿の椎名。やや長めの茶髪の、甘い雰囲気のある二枚目だ。左手に持ったマイクを口元に寄せる。たったそれだけのことで会場の女性たちが沸き立つ。

それから、奥のドラムセットに、黒パンツにグレーのジャケットを羽織った青年が構えた。綺麗に色の抜けた金髪の、細長いシルエット。

「――……？」

見覚えがあった。渋谷駅で見た青年の残像が、かすかに蘇る。あれが、倉沢慎吾――。

しかし、奈々緒にそれを告げる間もなく、演奏は開始された。

川久保の指が、ピアノの鍵盤を柔らかく叩き始める。優しいはずのピアノの音色が、まるで風圧を生んだように僕の身体をぐっと押した気がした。びゅっと風が頬を打つ。あっと思う暇も与えられなかった。滑り出した音楽は、まだ寝起きのように油断しきった僕を、待ってはくれない。

一歩前に踏み出した椎名が歌い出す寸前、会場中が息を呑むのを聞いた。その一瞬の静寂の間に、マイク越しの椎名が息を吸い込む。そのひそかな息遣いが、あたりにそっと響いた。

そして、会場中が待ち焦がれる歌声がマイクを通り、スピーカーから押し出される。

――血が跳ね上がったのを感じた。音楽に関してまったくの無知である僕の全身が、粟立った。

理由はわからない、頭よりも早く、脊髄が反応した。

圧倒的な声量と、ボリューミーで充実した歌声が伸びやかに広がり、会場を一気に包み込む。身体の奥に響くリズムで紡がれる楽曲は、切ないラブバラード。匂い立つような色気を孕んだ椎名の歌声が、切なくてピュアで、それでいてにわかにエロティックな歌詞をなぞる。

そこへピアノを奏でる川久保が、低く響く声でコーラスに入った。二人の重なる歌声に、演奏陣が呼応し、そして音楽は美しく混じり合っていった。

曲がサビに差しかかると、僕の視界の端で、ドラムを叩く若い男が、スタンドに固定されたマイクに唇を寄せる。

「――――っ」

その瞬間に、突き抜ける透明なハイトーン。

バシュンと大きな音を立てて、耳元から閃光が走り抜ける。瞼の裏で電流が弾け、頭の中が白くスパークした。僕の足の爪先から脳天までを、男の歌声は一気に駆け抜けた。手足がその衝撃に痺れる。

渋谷で出会った青年だと、確信した。顔はぼんやりとしか覚えていなくても、その声はまだ耳に残っている。頬のあたりをすっと通っていく、涼やかな声――いや、今こうして聞く彼の歌声は、そんな可愛らしいものじゃない。椎名の甘い歌声に、目の覚めるような清らかさで重なった彼の声は、頬を撫でるどころか、僕の全神経を容赦なく奪っていく。

凪いでいた心が、どんと吹き飛ばされたのがわかった。もう長らく忘れていた、恋に落ちた瞬間のように、その声は胸に熱く焼き付く。

流れ星だ。

にわかに少年の面影を残した高い声は、僕にはまるで流星のように煌めいて聴こえた。明るく華やかなステージ上から、会場の一番後ろまで、一気に突き抜ける星だ。その降り注ぐ無数の星屑を身体中に浴びながら、僕は瞬きや呼吸の仕方も忘れていた。

三つの声が重なり、織り成す星屑の夜に、頭から丸ごと飲み込まれてしまった。もう自分の身体に感覚がない。なにもかもを持っていかれて、空っぽにされた気分だ。

これが音楽だと、歌だと、身体に叩きつけられた気がした。Lioline のステージが終わるまでの数十分間、僕はただ、呆然と立ち尽くしていた——。

Lioline のステージ終了後、僕と奈々緒はイベント関係者の案内で楽屋に通された。

僕たちを一番に出迎えたのは椎名だ。彼はステージ上で見せた色香が嘘のような無邪気な笑顔を浮かべていた。

「どうも、椎名です！　良かった、来てくれてたんだ！」

椎名は大きな声ではきはきと言った。まだ肌寒さを感じる季節だが、椎名の額からは汗が零れ、パーマがかった茶髪が顔に張り付いている。たった二十分ほどのステージだったが、ライブの過酷さを垣間見た気がした。

それから有無を言わさぬ速さで、椎名は僕の右手を奪うように取った。ぶんぶんと振り回すような握手をしたあと、同じように奈々緒の手も握った。僕の目には奈々緒の目がハートマークに見えた。

「ほら、椎名、汗拭け。すみませんね、うるさくて」

と、その奥から、川久保がタオルを椎名の頭に被せるが、椎名はそれを無視して、僕に詰め寄る。至近距離で見る椎名の甘いマスクは、同性から見てもぐらりときてしまうほどに魅力的だっ

た。僕は思わず後ずさっていた、

「背え結構あるんだね、同い年くらい？　あれ、名前はなんだっけ？」

「武太一郎です。歳は三十一です」

「タケ！　三十一！　いいね！　結構男前じゃない。ねえ？」

椎名はもう一度、僕の手を振り回し、バンバンと容赦なく肩を叩いてきた。アメリカ育ちの芸能人は迫力が違う。すっかり怯んだ僕はされるがままだった。椎名の背後で、川久保が呆れたように「椎名、いい加減にしろ」とため息を吐いている。

それから引っ張られるように楽屋の中に通され、椅子を勧められた。すっかり椎名のペースだ。

「慎吾！　お前もこっちに来い！」

椎名は部屋の奥を覗き込み、声をかける。すると奥から倉沢慎吾が現れた。渋谷で見た慎吾は、目がチカチカするような派手な服の、今時の若者らしい姿だった。だがこうして綺麗な衣装を着せられ、軽く髪をセットされた姿は、随分と大人びて見える。彼もテレビに出るような有名人なのだなとぼんやりと思った。

彼が僕のことを覚えているとは思っていないので、僕も渋谷での出来事を差し当たって口に出す気はない。彼はあのとき一度も僕の顔を見なかったし、見ていたとしても、どちらかと言えば薄口で地味な僕の顔が、それほど印象に残るはずもないだろうと思った。

僕の目の前に椎名が座り、まっすぐに視線を向けられる。色男の熱い視線を浴びるのは、居心地がいいとはいえなかった。川久保は部屋の隅に腕組みをして立っている。椎名にすべて任せているのだろう、口は真一文字に閉ざされている。眼差しだけは観察するように僕へと注がれていた。

そして慎吾は、椎名の隣に腰を下ろした。ふて腐れたように唇を尖らせ、俯き気味だった。その視線はやはり僕の指先のあたりを見つめている。僕は人見知りのきらいがあるせいで、初対面の人の目をまっすぐ見ることが苦手だ。それと同じような彼の癖なのかもしれない

僕は視線を感じる自分の指先を擦り合わせた。今日もまた、僕の指先には絵の具がこびりついていた。昼間に三階の倉庫を整理していたときに付いたのだろう。慎吾の記憶にあるかどうかは別として、汚れた手を見られるのは二度目だ。少し恥ずかしい。

「それで、武先生。俺たちのライブはどうだった？　絵を描いてくれる気になった？」

椎名はなんの前置きもなく、本題に入った。椎名の目は自信に溢れていた。自分たちのパフォーマンスが、人の心をどんなふうに揺さぶるのか、自覚しているのだろう。

「……素晴らしかった、です。……とても」

ぽつりと呟く。楽屋の中はしんとしていた。遠くから、僕だって知っているアイドルグループの歌声と音楽が聞こえてくる。けれど、今はほかのどんな音楽も、僕の胸に響くことも頭に残ることもないだろう。

Lioline のライブの最中、僕は空間が震えるのを初めて肌で感じた。会場を埋め尽くす人々の心が躍り、ざわめくのが手に取るようにわかった。そして、東京の夜空にあれだけの数の星が降り注ぐのを見たのも初めてだ。その泣きたくなるような美しさは、今もまだ瞼の裏に焼き付いてい

る。

「――ですが、すみません。僕は、お話を断るために来たんです」

僕が言うと、椎名の目は驚いた様子を見せたが、一瞬だった。それよりも、はっとしたように前のめりになったのは慎吾だ。音を立て椅子から跳ね上がり、今にも飛びかかって来そうな腕が、僕に向かって伸ばされる。その慎吾の腕を、椎名がぐっと摑んで引き止めた。

「…………！」

眉間に険しい皺を寄せ、慎吾の火の粉を散らした灰茶色の目が僕を睨んだ。奥歯を食いしばった、まるで猟犬のような慎吾の姿に、思わず僕は首を竦める。椎名は困ったように優しい笑みを見せ、話を続けた。

「武先生。それは、俺たちのライブがいまいちだったと、そういうわけではないんだよね？」

「……は、はい。僕はあまり音楽に詳しいほうではありませんが、それでも、こんなに惹きつけられることは、滅多にないだろうと思います」

「だけど、絵は描けない？」

「はい」

返事を聞いて、椎名は頭を搔いたが、やがて小さく「そうか」と言った。

長話をするつもりはなかったが、慎吾のただならない様子に、早く立ち去らなければならないと思った。僕が椅子から腰を浮かしかけると、椎名に腕を摑まれたままの慎吾が、掠れた声で絞り出すようにして言った。

「待ってくれよ……！」

その声は、きんと冷ややかに僕の耳を突き抜け、空間の温度を一瞬で変えてしまう。慎吾の声は不思議な力をもっているように思えた。

「なんで駄目なんだ、描いてくれ。あんたの絵じゃなきゃ駄目だ……！」

つんとした表情が強張り、大きな目が縋るように向けられる。驚きはしたが、慎吾のそれはどこか、子どもがわがままを訴えるときの表情に似ていた。

「ありがとうございます。でも、申し訳ないのですが、僕は描けません」

「だから、なんでだよ！　どうしたら、描いてくれるんだ！」

僕を責めるように早口でまくし立てても、慎吾の声は綺麗だ。この声が、ステージに上がれば夜空に星を降らせる。すごいことだと思った。誰にだってできることじゃない。

けれど僕は、星を降らせる男にそんなふうに思ってもらえるだけで充分だった。

僕はもう仕事は受けない。今回こうして奈々緒の頼みを聞いてしまったことも、本当は後悔していた。素晴らしいアーティストを目の前にして、面と向かって断りを入れなくては事がおさまりそうにない。こんなことになるなら、なおのことだ。

「僕は画家でもアーティストでもない。小さなお絵かき教室の、子どもたちの先生です。だから、お受けできないんです」

僕ができるだけ丁寧にそう話すと、慎吾はぐっと言葉を詰まらせ、その大きな目で僕を見つめた。僕もあえて目を逸らさなかった。

「…………」

やがて慎吾は唇を噛んで視線を落とした。その姿にいくらか罪悪感を覚えたが、これはあくまでも仕事の話で、歳が離れているとはいえ彼も大人だ。なにも言うまいと思った。

今度こそ立ち上がると、見守るだけだった奈々緒も僕に倣う。慎吾の訴えに口を挟まなかった椎名は軽く笑みさえ浮かべ、僕らを楽屋の外まで見送ってくれた。川久保は小さく頭を下げる。落胆したように椅子に座り込んだ慎吾はこちらを見なかった。

「仕方ないことだよ、武先生。そんな申し訳なさそうにしないで。無理に描いてもらったって、きっとあのポスターのような絵は仕上がらないんだろう。だからあなたの絵に惹かれた」

椎名はそう言うと、最後にもう一度握手を求めてきた。三度目の握手は、乱暴に振り回すのではなく、固く握られるものだった。

挨拶をかわし、僕と奈々緒はもう一度頭を下げ、楽屋を出た。

「私、もしかしたらって、思った。ちょっとだけど」

廊下を歩きながら、奈々緒はそう言った。

断るのは、本当はつらいことだ。それに彼らの依頼であるなら、話を受けてもいいと思わないわけじゃなかった。けれど仕事を受けることで巻き起こる波風は、絵画教室の先生をしながら、静かに平和に生きていきたいという、僕のささやかで一番の願いを許してくれない。

「僕はこれでいいんだよ」

僕が言うと、奈々緒は「そうだね」と言ったが、その声に彼女らしい覇気はなかった。

瞬きのたびに、瞼の裏の闇にチカチカと星が光る。僕の身体には、慎吾の歌声の余韻が心地よく残っていた。


ゴールデンウィークが終わると、僕はいつもの生活に戻った。

絵画教室の定休日は日曜日と、祝日。土曜日は午前中と、平日は朝十時から夕方の十八時まで、授業が入っている。

大人向けの絵画や陶芸などのクラスを午前から昼過ぎまでの間に二コマこなす。生徒は若い主婦や、四十代半ばを過ぎた男女が趣味で訪れることが多い。また、週末の金曜日には十八時から二時間、大人向けのデッサンのクラスも設けてある。これは教室を始めて二年ほどしたころ、社会人からの希望を受けて始めたものだ。

子どもクラスは、平日の夕方と土曜日の午前中だ。小学三年生以下の共働きの親をもつ児童がほとんどで、生徒数が多く、僕が最も体力を消費するクラスでもある。

子どもを見ているのは楽しい。彼らは優しくすれば優しく返してくれる。丁寧に教えればそのぶん生徒の作り出す作品は、僕の想いに応えてくれるようだった。僕はその美しい共鳴を感じる瞬間が好きだ。驚異的な吸収力を持つ子どもたちの柔軟性は間近で見ていて感心する。平穏な毎日を退屈だと感じたことはなかった。

僕の生活は規則正しい。日付が変わるころに就寝し、朝の六時に起床、毎朝雨さえ降らなければジョギングに出る。朝昼晩の食事の時間もきっちり決まっている。質素だが自炊は嫌いじゃない。

掃除は徹底してやり、機材や材料のチェックを怠らず、授業のプランを一か月先まで常に決めておくのが習慣だった。残った時間は本を読んだり映画を見たりしてのんびり過ごす。自分の作品も描くが、どこに発表するでもなく三階の倉庫に溜まっていくだけだ。

そうして過ごしていると、季節の移ろいを見逃しがちになる。僕はそれが嫌だった。

桜の時季に花見をする習慣はないが、今年は目黒川沿いを買い物がてら散歩した。そして雨に花が流され、草木が芽吹く。その姿を他人の家の庭先や、舗道の隅に感じられるだけで胸がほっとする。僕がジョギングをするのは、ひとりアトリエに引きこもって生活をしている自分が、最低限、外の世界から置き去りにされないためでもある。

季節が梅雨に差し掛かると、空気がじっとりと湿気をまとい身体にまとわりつく。その感覚は好きではなかったが、雨の匂いや気配を感じるのは悪くない。

その日、金曜の夜の社会人向けクラスを終えた二十時過ぎ、外は雨で濡れていた。東京は梅雨入りをしたばかりだ。自分よりも年上のOLやサラリーマンの生徒たちを送り出し、家にひとりになると、外の雨音が静かな教室の中を満たした。

アトリエの片づけを終えて二階の住居スペースに戻り、テレビをつける。映ったのはバラエティー番組だったが、あまり興味はないのでニュース番組に切り替えた。天気予報では、明日には雨が上がりすっかり晴れるという。

PERFECT SPRING からもう一か月ほど経つが、Lioline のライブのことはまるで昨日の出来事のように覚えている。こうして天気予報やニュースを見るためだけにつけたテレビから、ふいに彼らの曲が流れれば、チャンネルを変えようとする手がつい止まった。

近々新しいアルバムが出ると奈々緒が言っていたが、もう出たのか、これから出るのかは知らない。一度は僕に依頼が来たそのアルバムのジャケットは、誰がどんなものを作るのだろうと思い巡らせた。そして自分だったらどんな絵を描くだろうかと想像する。

――珍しく、自分が執着しているような気がしたが、あれは初めて知った良質の音楽だ。だから気になっても仕方ないことなのだと納得することにしていた。これについては意識して考えないように努めた。

ゆっくり風呂に浸かり、上がったあとは軽くストレッチをする。読みかけの小説本を少し進めたあと、デスクに向かって今日の授業内容や生徒の様子についてパソコンでまとめておく。誰に見せるわけではないが、教室を始めてからの習慣だ。

それを終えてベッドに入った。今日もいつもとなにも変わらない一日だった。去年の今日もきっとこんな感じで一日を過ごして、ベッドに入っただろうと思う。僕の毎日に大きな変化はない。もうここ何年もそうだった。

毛布を被って目を瞑ると、耳の奥で慎吾の歌声が聞こえた。突き抜けるような、高く透明なハイトーン。光が弾けるような、瑞々しい音色が、恋心を訴えメロディーになる。そして瞼の裏には、たくさんの星が走り出すのだ。

こうして彼の美しい歌声を思い出しながら、僕は眠りにつく。奇しくも、それはPERFECT SPRINGでLiolineのステージを見た晩から続いていた。

身体が覚えている。あの場所で感じた躍動や感動を。忘れてしまいたいという気持ちと、ずっと覚えていたいという気持ちがいつもない交ぜになる。

自分でCDを買ったり、メディアで積極的に彼らの情報を探すことはできなかった。覚えていたいという気持ちが勝ってしまったと自覚したら、きっと自分は絵の依頼を断ってしまったことを後悔するだろう。

――ピンポーン。

どれくらいまどろんでいたのか、ふとドアベルが鳴る音に目が覚めた。枕元の目覚まし時計を見ると、深夜一時半を過ぎたところだ。僕はのろのろとベッドから出ると、玄関に向かった。

七年も同じ場所で先生をやっていると、稀にこういうことがあった。昔の教え子が家出をして訪ねて来たこともあるし、近所に住む美大受験生が泣きながら相談を持ちかけてくることもあった。

けれど、今夜の来客は元教え子でもなかったし、受験生でもなかった。

僕がドアを開けると、バケツをひっくり返したような土砂降りの雨の音が押し寄せてくる。そして、暗い夜の闇の中に、頭からずぶ濡れになった男がひとり立っていた。

「……慎吾さん？」

すぐに名前が喉元からせり上がってきた。Liolineの倉沢慎吾だ。

慎吾は初めて見たときと同じような、派手なネオンカラーのパーカーのフードを被っていた。そこから覗いた白くツンとした鼻先と、綺麗な金髪が、彼が慎吾であることを主張していた。

「武先生、こんな時間に、すんません……。家、勝手に調べて来たんだ……」

慎吾はか細く震える声で言った。

「慎吾さん、とりあえず部屋の中にどうぞ。今、タオル持ってきますから……」

「もうすぐLioline のアルバムが出る」

慎吾は僕が言い終わる前に、そう切り出した。

平静を装ったが、僕の心臓はひやりと冷えた。彼がなにを伝えにここに来たのか、察しがつかないわけじゃない。

今すぐ慎吾を締め出して、ここから逃げたかった。部屋に戻って毛布を頭まで被って、今夜ここに慎吾が来たことさえなかったことにしたかった。心を動かされたくなかったのだ。もう誰にも、どんなことに対しても。

けれどその先で僕を待っている慎吾の言葉を、聞いてみたいという欲求があるのも確かだった。

「レコーディングも終わって、ジャケットもサンプルが上がってきた。それを見たら、急に嫌になった。武先生、俺はやっぱりあんたの絵じゃなきゃ嫌だ」

僕は声が出なかった。いつまでも耳に残っていた慎吾の声が、雨に濡れて震えている。ぼそぼそと沈んだ声は、あのライブ会場で聞いたものとは違うはずなのに、それでもその声は僕の胸に大きな波紋を広げる。

「先生……」

僕が躊躇しているうちに、慎吾はその場に膝をついた。

「お願いします。あんたの絵を、俺にくれ……！」

「――し、慎吾さん、やめてください。立って、部屋に入ってください」

土下座をされたのは初めてだった。それは吐き気がしそうなほど気分が悪いものだった。まだ僕にしてみれば少年ともいえる男が、こんな時間に傘も差さずずぶ濡れになって、大事な声を寒さに震わせて、どうしてそんなことをするのだろう。

「慎吾さん、お願いですから。中に、入ってください」

慎吾は動かなかった。僕は彼の肩を摑んで、汚れた玄関から中へと引きこもうとしたが、彼は頑なに動こうとしない。僕が首を縦に振るまで、ここを動かないというふうに見えた。

僕は泣きたくなった。なぜ、自分の絵が彼をそこまでさせるのかわからなかった。ただの絵だ。一介のお絵かき教室の先生が描いた、ただの一枚の絵。彼がここまでする価値があるとは到底思えなかった。

「卑怯です……」

僕が吐き出すと、慎吾はびくりと肩を震わせた。

「絵の話は受けられないと、きちんとお伝えしたはずです。だけど、僕はあなたをここで追い返せるほど非情ではないし、土下座もして欲しくありません」

「………」

「今、あなたのしていることは、卑怯です……」

彼がしているそれは、僕の情に訴える行為だ。そう言わなければ、僕の心が折れそうだった。

雨の音だけが薄暗い空間を満たした。しばらくして、玄関の床に額を擦り付けたままの慎吾が、子どものようなか細い声で「ごめん……」と言った。

慎吾は顔を上げなかった。泣いているのかもしれないと思ったが、きっと顔を見たところで雨の雫（しずく）と判別がつかないだろう。

迷惑だとは思った。けれど、僕はここまでした慎吾をこれ以上責めることはできなかった。どうしていいのかわからなかったし、なにが正しくて、自分がどうしたいのかもわからなくなっていた。

ただ、彼の放つ美しい声が、僕の臆病（おくびょう）な心をずるずると引きずり出していくのを、漠然（ばくぜん）と感じていた。逃がさないと言わんばかりに、摑んで、離さない。

2

騒がしさに目が覚めた。

遠くから聞こえる子どものはしゃぐ声が、朦朧とする頭の中で反響している。

俺はゆっくりと瞼を上げた。見知らぬベッドの上で、毛布を首までしっかりと被っていた。綺麗に片付いた寝室は、嗅ぎ慣れない妙な匂いがした。学校の美術室の匂いに似ていた。

「——……っ！」

俺は慌てて毛布を蹴飛ばし、飛び起きた。今自分がいる場所が武の家だということを思い出したからだ。枕元の目覚まし時計は、午前十時半を差している。他人のベッドを占領して、随分と長い時間熟睡してしまったらしい。

確かに昨日は、朝から撮影の仕事続きで疲れていた。終電に飛び乗り、自由が丘まで来たはいいが、暗いわ雨は降るわ、その上、武のアトリエの場所はなかなか見つからず、かなり体力を消耗してしまった。とはいえ、自分のこの情けないさまには頭を抱えずにはいられなかった。

昨夜、唐突に訪れた俺を、武は家の中に入れてくれた。ずぶ濡れの俺をバスルームに押し込み、着替えを貸してくれた。それから子どもにするように俺の髪にドライヤーを当て、乾ききるとホットミルクを一杯くれた。そしてベッドを勧められ、こうして朝がきたのだ。

武の俺に対する扱(あつか)いはまるで幼稚園児にするそれだった。まさか成人して他人に髪を乾かしてもらうようなことがあるとは思わなかった。されるがままにしていたのは、武が有無を言わさぬ雰囲気を醸(かも)し出(だ)していたからだ。互いにほとんど言葉は交わさなかった。俺は言うべき言葉が見つからず、武はきっと怒っていたのだろうと思う。

土下座をしたのは初めてだった。武はそれを卑怯だと言った。あのときの俺の頭は真っ白だったし、なにも考えられなかった。自分にできることがそれくらいしか思いつかなかっただけなのだが、どうやら心証は悪かったらしい。起き抜けの胸にずんと重たく後悔の念が沈んでいる。思わず深いため息が零れた。

寝室を出ると、すぐ左手に居間があった。掃除が行き届いていて、飾(かざ)り気(け)のない家具が並んでいる。木製のローテーブルの上に、俺の私物が綺麗に並べて置いてあった。携帯電話と財布、パスケース。武の姿は見当たらない。ベランダには、昨日着ていた衣服がハンガーに吊るされ、風にたなびいていた。外は昨夜の雨が嘘のような晴天(せいてん)だ。

俺がいるのは二階で、先ほどからやまない子どものはしゃぎ声は、下の階から聞こえてきているようだった。俺は一階へと続く狭い階段を下りた。すぐそこは昨夜俺が土下座をした玄関で、今はそこに小さな靴がたくさん散らばっている。

廊下の奥へと進むと、はしゃぐ声はより一層(いっそう)大きく聞こえ、一番広い部屋に辿(たど)り着(つ)いた。入口からそっと中を覗き込むと、小学校低学年くらいの児童が八人、床に大きな画用紙を広げていた。なるほど、どうやらこれが〝お絵かき教室〟らしい。部屋の一番奥には武がいた。シャツにジーンズ、汚れたエプロン姿だ。

俺は生まれつき、目が悪い。目に映るすべてが白黒写真のようなモノトーンに見える。それ以外の色彩を感じることができない。視力自体も良くなかった。

見渡す教室の武や子どもたちの姿は、俺の目には灰色の濃淡で塗り分けられているに過ぎないが、武のエプロンについた汚れの一部には色がある、黄色や赤や青だった。それは武がつけた汚れだとわかった。色のない灰色の汚れは、子どもたちの仕業だろう。

今こうして、自分が視界の一部に〝色〟を見ていることは奇跡だ。そう呼ぶほかなかった。俺の目はどうしてか、武が描いた絵にだけ色を見分けることができるらしい。

渋谷で初めてPERFECT SPRINGのポスターを見たときの衝撃を、俺はまだ上手く言葉にできないでいる。知っているどんな言葉を寄せ集めても足りなかった。俺の世界の一部を切り取って、まったく別の世界を貼り付けたみたいだった。それまでまるで意味を理解できなかった極彩色という言葉は、きっとこれを意味するのだと確信した。

青い花弁を繊細に重ねたアネモネ、可愛らしい小さな黄色をちりばめたナノハナやタンポポ。俺が見ていた白とは違う桜に、派手なピンクのサクラソウ。個性的な配色のパンジーは数種類。ツツジにスミレ、カトレア、クレマチス、コチョウラン、チューリップ――。

そのどれもこれもが、固く閉じていた蕾をようやっと綻ばせ、優しく微笑むように咲き誇っていた。呼吸をし、そよ風に揺れるさまも目に浮かんだ。香るはずのない匂いすら、鼻孔の奥をくすぐる気さえした。今まで興味がなかった花々が、これほどまでに美しいのだと初めて知った瞬間だった。それは、知らなかったことを悔いるほどに。

「タケ、誰かいるぞ！」

床に寝そべっていたひとりの男の子が言った。まだ可愛らしい小さな指先が、入口でこそこそと身を隠していた俺を差していた。

慌ててぱっと顔を上げると、遠くの武と目が合った。反射で「やばい」と思ったが、武が思いがけず安堵したような笑顔を見せるので、なにがやばかったのかは一瞬でわからなくなった。

「おはようございます」

朗らかに、武は言う。俺は逃げることもできずに固まってしまった。

「よかったら、中へどうぞ。見学して行ってください」

「えっ……いや……」

動揺した。身体中の関節がミシミシと音を立てるのを感じながら、恐る恐る部屋へと足を踏み入れた。

「タケ、こいつ誰だよ」

「先生のお友達です。遊びに来たんですよ」

少年は大きな声でフーンと言った。俺は子どもが苦手だ。毛嫌いしているわけではないが、接し方がわからないから、好きじゃない。子どもたちを踏みつけないよう避けながら、そろそろと歩いて、武のそばにしゃがんだ。

「……すんません」

「なにがですか?」

俺がぼそりと謝罪すると、武はこともなげに言った。なにがだと問われれば、それはぜんぶだと思ったが、子どもの手前では返答に詰まった。黙って視線を落とすしかなかった。

床に座った武の膝の上には、小さな女の子がしがみついている。俺を見てますますぎゅっと武のエプロンを掴む拳に力がこもった。八人も児童が集まれば、先生に乱暴な口をきく子どもから、こういう繊細で人見知りをする子どももいるんだろう。

この女の子の初恋はきっと武だ。ふとそんなことを思った。俺は物心がつくころには音楽が好きだったが、きっかけは大好きだった保育園の先生が、歌を歌うと上手だと褒めてくれるからだったと、幼い恋を思い出した。

子どもたちは大きな画用紙にクレヨンを使い、思い思いの線を引いている。俺にはそのどれもこれもが灰色にしか見えなかったが、床に広げられたそれぞれの画用紙は、きっとカラフルに彩られているんだろう。それは武の絵と出会ってからできるようになった想像だった。

——打ち明けようか。俺の目のこと。生徒たちを見守る武の横顔を盗み見しながら、そんなことを思う。

二十三年間、灰色の世界で生き続け、この先もずっとそうだろうと思っていた。子どものころはそれが原因で塞ぎ込み、自分の目を呪ったこともある。そんな俺にとって、初めて武の絵を見たときの感動がどれほどのものだったか、持ちうる限りの言葉で熱弁したら、土下座なんて方法では振り向いてくれなかった彼の心を、動かすことができるだろうか。

この男は優しく情が深い。だから昨夜、俺を追い返すことができず、「卑怯だ」と言うのが精いっぱいだったのだろう。打ち明けたら、きっと武は俺に同情する。絵は描いてくれるかもしれない。だが、きっと俺を卑怯だと思うだろう。それでいいのだろうか——？

「なあ、お前、名前は？」

ぼんやりとしていると、先ほどからなにかとよく喋っている一番元気な少年が、俺の前までやって来て言った。戸惑ったが、「慎吾だよ」と答えた。

「ふうん。タケは先生だろ、シンゴは？」

「……歌手だよ」

まだ自分で歌手だと言うことに躊躇がある。俺の言葉に、ほかの子どもたちも反応を示した。

「なにか歌って」

教室の後ろのほうにいる女の子が言った。数人が同調して同じセリフを口にする。

武の顔を見ると、ふわりと微笑まれるだけだ。断る理由は特にない。今さら人前で歌うことを恥ずかしく思うわけでもない。仕方なく、夕方にやっているアニメの主題歌を歌った。大学時代に所属していたアカペラサークルで覚えた歌だ。明るくて単調で、わかりやすい歌詞のものだ。

さして広くはない部屋に、俺の歌声が反響する。歌い始めこそしんと静かだったが、歌詞を知っている子どもたちは、すぐに一緒になって歌い出した。けれど、不思議なものだ。彼らは歌いながら、絵を描く手も止めない。

一瞬だけ、画用紙の上を走るクレヨンの先が輝いたような気がして目を瞠ったが、すぐに見知ったグレーに落ち着く。大きな窓からいっぱいに差し込んでくる太陽の光のせいかもしれない。この教室は明るい。俺の目は光にも強くはない。すべてが眩しく見えた。

白い壁はところどころ汚れている。武がつけた汚れはすぐにわかる。子どもが描いたグレーのいたずら描きの中に、武の描いたピンクのハートマーク、黄色い星マーク、緑の、おそらく意味はないだろう渦巻きの落描きがある。子どもたちと一緒になってやったのだろう。それらが俺の胸をくすぐった。

武の絵にだけ、色が見えるのかもしれない。——俺のかかりつけの眼科医は、俺の話を信じなかった。俺の目は遺伝子レベルの問題で、気まぐれに特定のものだけ色が見えるなんてことはまずない。病院ではいくつか検査も受けたが、俺の目や身体に、特に変化は見られなかった。

だが、そんな俺の話を、椎名はすべて信じた。

「なるほど、素晴らしい絵じゃないか！　慎吾、これはお前に訪れた最高の運命だ！」

そう言って、彼はその日のうちに担当デザイナーの藤浦奈々緒に連絡を取ってくれた。椎名がなにかをするのに躊躇うのを、俺は見たことがない。

渋谷で虹色の爪を見たとき、その男がポスターを描いた本人だと瞬時にわかっていたら、俺はきっとその場で武を捕まえて離さなかっただろう。そして、彼に自分のために絵を描いて欲しいと思うのは、俺にとっては当然の欲求だった。

俺は猛烈に武の絵に魅せられていた。チラシを肌身離さず持ち歩いて、ケータイの待ち受け画面もそれに設定した。瞼の裏に焼き付くほど絵を見て過ごした。胸が弾んで幸せで優しい気持ちになった。毎夜、布団に入って瞼を閉じれば、武の絵を思い出した。

武は確かに仕事を受けないと言った。でもどうしても諦めきれなかった。だってこれは奇跡だ。自分の世界が大きく音を立てて変わろうとしているのがわかった。そう思ったら、いてもたってもいられなかったのだ。

一曲目を終えると、子どもたちにせがまれて結局もう二曲、別のアニメの主題歌を歌った。子どもたちはやはり俺の歌に合わせて大きな声で歌いながら、絵を描いた。武にしがみついていた女の子も、武の陰で歌を口ずさみながら、少しだけ絵を描いていた。

三曲目を終えると子どもたちも少しおとなしくなる。歌うことも絵を描くことも少し疲れてきた頃合いだろう。壁にかかった時計の針は、もうすぐ正午に届こうとしていた。

「……本当に、あなたの声は、素晴らしいんですね」

「え……」

隣で呟かれた武の言葉が、嘘もお世辞もなく素直に零れた言葉だとわかって、息を呑む。彼にそう言われれば嬉しいのに、同時に悲しい気持ちになった。どんなに歌を褒められたって、この男は自分のために絵を描いてくれないのだと思い出したからだ。瞬きのたびに、武の極彩色の絵は、瞼の裏に鮮やかに蘇る。なのに俺は、武を説得するだけの言葉を持っていない。

教室は正午に終わり、児童たちは帰って行くだろう。そうしたら自分もだらだらとここにはいられない。そう思うと気持ちは荒んだ。武に迷惑をかけただけで、結局なんの意味もなかった。

「……俺の歌は、別に、いいもんなんかじゃない」

だって、あんたの心を動かせなかった。そう言った言葉はどこか卑屈に聞こえただろうか。

「武先生は、自分の絵が俺にどんな魔法をかけているのか、知らないから、そういうことを平気で言うんだ」

武を責めるような言葉が口から出た。言い終わる前にはすでに後悔していた。慌てて武の横顔を窺ったが、武の生徒たちを見渡す目は優しく細められたままだった。そして、静かに言う。

「……魔法をかけたのはあなたのほうだ、慎吾さん。僕は、生徒たちがこんなにも楽しげに絵を描く姿を、初めて見ました」

武は目尻の下がった優しい目で俺を見た。ふわりと、触れたら柔らかく温かそうな笑顔だった。

「あなたの声は綺麗だ。不思議ですね。僕には、子どもたちのクレヨンの先が輝いて見えた」

「──っ！」

聞いた瞬間、俺も、と言いかけた喉が詰まる。俺の手は、とっさに武の腕を掴んでいた。シャツの下の武の腕は思いのほか細く、軽い。スカスカの空っぽのようで、掴んでいる実感が薄く、頼りなかった。武は掴まれた腕を不思議そうに見やって、そして少し困ったように微笑んだ。

「今からでも間に合いますか？」

「……え？」

「僕の絵の……、昨夜のお話のことです。今から描くもので、間に合いますか？」

武は言った。俺はしばし呆然として動けなかった。その言葉が、すぐには理解できなかったからだ。けれど、頭の中で言葉と言葉の意味が結びついた瞬間、びりびりと肌が粟立った。

「……描いて、くれんの……？」

勘違いだったら嫌だ。恐る恐る尋ねると、武はやはり困ったように眉尻を下げ、笑みを浮かべた。そこにYESという返事が含まれているのは明らかだ。

武の中で、なにが一体どの瞬間に変化をしたのか、俺にはわからない。けれど、「なぜ？」とはすぐに聞けなかった。武の気が変わってしまっては困る。

「あ……」

ありがとう。武の腕を摑んだまま、絞り出した感謝の言葉は、ほとんど声にならなかった。

「俺はお前を見くびってたよ、慎吾！　まさかそこまでする情熱的な男だとは！」

武に絵を描いてもらう約束を取り付けたことを報告すると、椎名はアメリカ育ち特有のオーバーな動きで両手を広げたあと、俺をきつく抱きしめた。

ＣＤ発売の日程がずれ込むことに関する調整は、椎名がぜんぶ取り仕切って行ってくれることになった。川久保は呆れ顔だったが、半ば諦めているのか、好きにさせてくれた。彼も武の絵を気に入っている証拠だ。

数日後の夜、教室が終わった時間帯に、俺は再度武の家に出向いた。

武は俺を部屋に入れると、ちょうど食事時だったからと言って夕食を振る舞ってくれた。たっぷりのサラダと、キーマカレー。米は雑穀米で、お茶はほうじ茶だった。ぜんぶ優しい味がして、美味(おい)しかった。いくら武の手作りとはいえ、料理に色彩はなかった。それは残念だが、俺は色を想像しながら食べた。

出されたカトラリー以外の食器はほとんどシンプルな形の陶芸作品だった。武が作ったのかどうかは聞かなくてもわかる。釉薬(ゆうやく)のかけられたものは色づいている。残念ながら、粘土(ねんど)部分は灰色だ。

「あの、お口に合いませんか?」

武は俺の顔を覗き込んで、遠慮がちにそう尋ねてきた。

「え? なんで?」

「あ、いえ……」

俺はあまり目つきがいいとはいえない。黙っていると不機嫌(ふきげん)だと勘違いされることがよくあった。武にもきっと食べている姿が不味(まず)そうに見えたのだろう。

それから、武が歳の離れた俺の扱いに困っているのは明らかだった。絵の仕事を断られたとき、威嚇(いかく)してしまったこともあって、怖がられているのかもしれない。

「別に、美味(うま)いけど」

「……そうですか、良かった。僕はよく子どもを預(あず)かることはあるのですが、あまり知人が家に遊びに来ることがないので、正しいおもてなしの方法がわかりません。これで合ってますか?」

武は眉尻を下げてそんなこと言った。俺も人にもてなされたことがあまりない。わからないので「さあ」と返した。俺に対するこの〃おもてなし〃は、おそらく子どもを相手にするときと同じなのだろう。カレーが甘口なのもきっとそのせいだ。

「……武先生、なんで描いてくれる気になったの？」

食事のあと、シンクで食器を洗う背中に尋ねた。武は一瞬だけ手を止めたが、泡(あわ)をすすぎながら言う。

「わかりません。こんなふうに自分の気持ちが混乱したことは、もう随分となかった気がしますから、わからなくなってしまいました。いけないと、わかっているのに」

「そんなにいけないことなわけ？　あんたにとって、絵を描くってことは」

「いえ……」

武は言葉を濁(にご)した。

気持ちが混乱した、というのは、おそらく俺たちLiolineのパフォーマンスに。そして、自惚(うぬぼ)れでなければ、あの日俺が子どもたちと一緒に歌った、あの短い時間にだろう。

「……ごめん。変なこと聞いて」

俺が言うと、武は小さくもう一度「いいえ」と言った。

武は人見知りで、あまり社交的な性格ではないことがわかる。関西出身だそうだが、それらしいジョークを言うでもない。だからこそかもしれないが、迂闊(うかつ)に踏み込めない領域があるように思えた。なんとなく腑(ふ)に落ちないとは思ったが、描いてもらえるなら、理由などどうでもいいことだ。

食後は居間のソファーに座り、武が淹(い)れてくれた紅茶を飲みながら、仕事についての打ち合わせをした。紅茶はオレンジジンジャーだそうだ。柑橘のすっきりした甘酸っぱい匂いに、ぴりっとした生姜の味が混じっている。

打ち合わせといっても、今回のアルバムのコンセプトについて川久保がまとめた資料を見せ、簡単にその説明をするだけだ。椎名は、武が感じたまま自由に描いてもらうべきだと主張したし、俺もそう思っている。こういう絵を描いて欲しいという具体例は挙げなかったのだが、それについては武も聞いてこなかった。

アルバムのサンプルCDを手渡すと、武はできるだけ早く仕上げると言った。

「先生の仕事って忙しいの？　ジャケットの絵を描く暇あんの？」

「授業の前後と、休みの日があれば、それほど時間はかかりませんよ。三日後までにはメールでラフを数パターンお送りします。方向性に問題なければ、そこから一週間で、一度見てもらえる状態には仕上げます。それで擦り合わせていければいいかなと思うのですが、どうでしょう」

「はあ」

ビジネスの話は苦手だ。ラフだの方向性だのという話はあまりピンとこない。この場合、椎名だったらなんと言うのだろうと考えたが、結局なにも浮かばなかった。ただ、武がLioline の要望に応えた絵を描こうとしているのはなんとなくわかった。

「あのさ、武先生。あんまり考えてくれなくていいや」

俺がそう言うと、武は目を丸くした。考えてくれなくていい。Lioline の方向性や、売り上げのことなんて。そんな垣根を飛び越える絵を、この人はきっと描く。覗き込んだ瞳に、そんな確信を抱いた。

「……そうですか」

武はしばし黙ったが、やがてそう呟く。渡した資料に視線を落とした武の目が、きゅっと引き締まるのを見た気がした。

「考えないでくれとか、意味わかんねー……？」

「……いえ、なんだか僕もわかりませんが、ほっとしたというか、すっきりしました。それで良いんだと思います。たぶん」

武の言葉は不器用で、あまり意味を持ったものではなかったが、言葉以上のものが伝わったとわかった。話はそれで充分だった。

打ち合わせが終わると、時刻はもう二十三時になろうとしていた。もう帰らなくては、と思ったが、その前に俺はひとつ尋ねた。

「武先生の過去の作品って、どこにあんの？　見せて欲しいんだけど」

「え……？」

二階住居スペースはすっきりと生活感を感じないほどに物がなく、一階のアトリエスペースも子どもが出入りする空間だ。余計なものはない。その一階には「はいっちゃだめ」と紙の貼られた謎(なぞ)の扉があったので、それに関しては尋ねたが、陶芸用の窯(かま)がある部屋だそうだ。

「駄目なの？」

「……いえ、たいしたものはありませんが……」

武は戸惑ったようだったが、三階の倉庫へと俺を案内してくれた。

三階は狭い廊下と二つの部屋に分かれていて、電気をつけても薄暗く、壁に窓があった形跡はあるが塞がれていた。それでも綺麗に掃除は行き届いているので、埃っぽい印象はない。どこかに換気扇があるのだろう。空気の籠もった感じはないが、それでも下の階と比べて絵の具の匂いがぎゅっと凝縮されているのがわかった。

「部屋はふたつとも倉庫になっています。片方は生徒の作品ですが、こちらの部屋は、僕の絵が置いてあります」

大学在学中からの作品がしまわれているという、左手側の部屋に通されると、部屋の中には木製の棚が壁も見えないほどびっしりと並び、キャンバスがひしめいていた。棚の上にも作品やスケッチブックが山積みになって天井に届いている。

それほど広い部屋じゃない。だからこそ、その溢れんばかりの作品の量に、俺は一瞬圧倒されてしまった。だが次の瞬間には喉が鳴る。薄暗い部屋の中でも、並んだキャンバスの縁は、七色の輝きを放っていた。

目の前の棚のキャンバスに飛びつき、引き出す。目を潰されてしまいそうな鮮やかな色に、俺は目を細めた。澄んだ、深い青の海と透明な空の絵だ。海面は眩しいほどきらきらと輝いていて、描かれていないはずの太陽の光が砂浜を熱く焼いている。夏と磯の匂いがする気がした。

隣は草原の絵。もう過ぎたはずの春の風が頬を撫でるのを感じた。活き活きとした緑が生い茂っている。その反対は三匹の白い兎の絵。もこもこの柔らかそうな毛皮を寄せ合う姿が愛くるしい。今にもこちらを見て駆け寄ってきそうな人懐っこさすら伝わってくる。

俺は次々とキャンバスを引き出した。油絵もあれば水彩画もある。描かれているものは静物、人物、風景など幅広く、武らしい涼やかで優しい絵もあれば、暗い場所を描いた絵もある。でも物悲しくはない。そこに描かれた空間はどれも柔らかく、武の人柄を表していた。

そしてどの作品にも感じたが、一枚の絵に使われる色の数多さは、おそらく武独特のものなのだろう。俺のほうがよく知っているはずの黒や灰色や白も、武が描いたものではまるで違う色のようだ。感情を持っている。生きていて、呼吸をしているかのようだった。そういう絵が、この部屋いっぱいにある。

「せんぶ見るには、時間がいくらあっても足りないな……」

「ぜんぶ見るんですか？」

「見るに決まってるだろ」

当然だと返すと、武は目を丸くした。この部屋に詰まっている作品の数は、百や二百では足りない。

「早くぜんぶ見たくて、うずうずしてんだ。ああ、でもじっくり、ちゃんと時間をかけて見たいなぁ、武先生、また来てもいいかな？　……ていうか、ジャケット用の絵を描いているところも見てぇんだけど」

ただの灰色の絵の具が、どんなふうに武の手で輝き、鮮やかな赤や青、黄色に変わるのだろう。想像しただけで、期待で胸が膨らんだ。

「それは構いませんが、慎吾さんこそ、お忙しいのではないですか?」

「椎名や川久保と比べれば、俺は別に。ここから事務所も遠くないし、俺の家もそんな距離でもねぇから。仕事の合間に来るよ、ただ、こういう業界にいると、生活も不規則だし、来る時間もバラバラになると思うから……」

迷惑はかけそうだ。だが、武が被る迷惑を考えるよりも、自分の欲望のほうが強い。

「……そうですか」

武はジーンズのポケットから鍵を取り出した。迷いも見せず、それを差し出してくる。

「スペアがありますから、こちらはどうぞ。よろしければ、差し上げます。いつでも来てください。僕が先生をしているときと、寝ているときはお構いできませんが、たとえ深夜でも、物音がすればそれはあなただと思うことにします」

「武先生、いくらなんでも、不用心すぎねぇ?」

言いながらも身体は正直なもので、俺はその鍵を両手で大事に包んでいた。いっぺんにここにある作品を見るのは無理だ。いつでも来ていいなら、ありがたく甘えるつもりだった。

「僕の家に盗むものはありませんよ」

「でも、俺は渋谷でポスターを盗もうとしたんだ。あんたの絵も盗むかも」

「どうぞ」

「え……?」

武は倉庫に並ぶ自分の作品を遠い目で眺めて言った。その横顔に感じるわずかな愁いは、やはりどこか、踏み込んではいけないなにかを感じさせた。

「ただ描いてここにしまってあるだけのものです。気に入ったものがあれば、どうぞ」

ここに確かに息づいている、武の優しい命のある絵。そのすべてが、誰に見せるわけでもなく、どこにも発表せずに、描いてはしまわれているだけだという。なんてもったいない。この一部屋にある作品だけで、どれくらいの規模の個展ができるだろう。

「慎吾さん、あのときのこと、……僕のこと、覚えていたんですね」

「ん？」

「今、あなた、渋谷でって言いましたよね？」

言われてやっと、ああ、と思った。お互いに渋谷での出来事について、確認を取ったことはなかった。けれど、武も同じく俺のことを覚えていたらしい。

「覚えてるよ。あんたの指先が、綺麗だったから」

ふと零れた俺の言葉に、武は汚れた爪と不格好な指をからかわれたと思ったのだろう。ハハ、と軽く笑った。武の指は節くれ立っていて太く、掌に対して短い。爪も丸く潰れている。手で物を作り出す人間にふさわしい手だ。

「武先生、盗んでしまいたいくらい、俺はあんたの絵が好きなんだ。好きなんて言葉じゃ、全然足りないと思えるくらいに……」

この想いは、きっと武には伝わらないだろう。武は知らない。俺の人生を変えてしまうほどの絵を、自分の手が作り出しているということを。

「ふふ」

武は口元を押さえて声を漏らした。その笑い方が、子ども扱いのように思えて、俺はついぶっきらぼうに「なんだよ」と言ってしまった。

「いえ、すみません。なんだか、照れてしまって」

「はあ?」

「だって、慎吾さん、ツンとしてるから、僕はあまり好かれていないのかと」

「別にツンツンしてるわけじゃねぇよ。こういう顔なんだ」

つっけんどんでぼそぼそした喋り方をするのも、長年の癖だ。俺はハイトーンボイスが売りの歌手だが、地声も少し高めなのが学生時代のコンプレックスだった。

口元を隠す武の指に、今日は色がついていないのが残念だった。照れた、と言う武の頬は、普段見るよりもグレーの濃度を増している。本当は、その頬はどんな色をしているんだろう。

「僕も、好きです、慎吾さんの声」

武はそう言ってにっこりと笑った。目尻が下がり、口は綺麗な逆三角形になる。かわいい笑顔だ。でもその笑顔にどこか陰りを感じて、俺の胸は切なくなった。

いつでも来ていい。そう許しをもらってからの俺に、遠慮はない。昼夜問わず時間が空けば武の家に出向くようになった。鍵をもらったのは正解だった。なければしょっちゅう武の家のドアベルを押しまくることになる。きっと迷惑だっただろう。

武はＣＤジャケットの絵に取り掛かっていた。ローテーブルの上に放置してあったクロッキー帳にはラフイメージが何枚も鉛筆で描かれていた。俺はそれを見たとき、はじめて鉛筆の黒にもいろんな黒があるのだと知った。

休日や教室の終わった時間帯に訪れれば、アトリエにひとりイーゼルを立て、キャンバスに向かう武の姿が見られる。だいたいいつも、シャツにジーンズ、エプロンを身に着けた作業着だ。絵を描く武はいつも集中していて、俺が来たことに気付かないこともあるくらいだった。俺は出来る限り、武のそばで作業を眺めた。

画材は鉛筆、アクリル絵の具とクレヨン。並んでいる画材は相変わらず灰色の羅列でしかなかったが、キャンバスにその筆の切っ先が触れた瞬間に、色を帯びる。光を瞬かせ、鮮やかに咲く。その瞬間を初めて見たときは、痺れた。今、この世が滅びてもいいとさえ本気で思った。

「星の絵を描くことにしました」

武はそれだけ言った。理由は聞かなかった。

そのほかの時間は倉庫に入り浸った。一枚一枚、時間をかけてゆっくりと武の作品を眺め、特に気に入ったものはケータイのカメラで撮影し、手元に保存した。武の絵はそのどれもが武らしい輝きを放ち、俺の目を潤してくれた。充足感が足元から這い上がり、ゆっくりと全身が満たされていく感覚がたまらなかった。

その心地良い感覚のまま、倉庫の床で寝てしまったことが数度ある。最初は様子を見に来た武に見つかり起こされたが、それも何度か続くと、いつの間にか毛布をかけられているようになった。それが最近になると「身体に障りますから」と言って、武は自分の寝室のベッドの隣に客用の布団を敷いてくれるようになった。泊まるならここで寝ろという意味らしい。

真夜中に寝室に入り、武の寝顔を見下ろすと不思議な気分になった。武は取り立てて美形というわけではないが、すっきりと整った顔に細く長い睫毛をしている。目尻に小皺があるのは、普段からニコニコしているせいだろう。温かな頬や、癖のある猫っ毛に触れたこともあるが、武の眠りはいつも深い。

あっさりと家の鍵を寄越したこともそうだが、武は無防備が過ぎる。相手が俺じゃなくてもこうなのだろうかと思うと、心配になるくらいだ。

「俺が悪いやつじゃなくて良かったな、先生……」

そっと声をかけてみたが、武が目を覚ます気配はない。用意された布団に入り、武の静かな寝息を聞きながら目を瞑ると、不思議と俺も深い眠りにつくことができた。

泊まることが増えると、俺は自分の洋服などの私物をいくつか武の家に持ち込み、部屋の隅に置いた。武はそれに気づいているが、なにも言わない。洗濯かごに放り込めば武の洋服と一緒に洗濯され、シャツ類にはぴんとアイロンがけされるのが当たり前になっていた。

「なるほど、素晴らしい嫁だ。ヤマトナデシコ！」

その話をすると、椎名は少しズレたことを言った。椎名の日本語はたまにおかしいが、面倒なので突っ込まない。川久保は「あまり迷惑をかけるな」と俺に一言だけ言った。

「おかえりなさい」

その日、Lioline の仕事を終え、武の教室が終わった頃合いに家を訪ねると、武はふにゃりとした笑顔で俺を出迎えた。つられてつい「ただいま」と言いかけたが、結局俺はぶっきらぼうに「どうも」と返しただけだった。

武は部屋着の七分袖のカットソーに、ジーンズ姿。夕飯の準備の最中だったらしく、先生のときとは違うエプロンを身に着けていた。ご飯の炊けるいい匂いも漂っている。

「慎吾さん、夕飯食べるでしょう?」

こうしてタイミングが良いと、武の手料理にありつける。ごく一般的な家庭料理と、ごてごてしていない薄味が好みだ。今晩の炊き込みご飯とみそ汁は、なんでもないはずなのに一口で幸せな気分になった。ただ、俺には少し量が少ないのが不満だ。

武は長身の割に食が細い。手も大きく肩幅もあるが、痩せたその肩は尖っていたし、広い襟ぐりから覗く鎖骨は浮いている。ガリガリというわけではないが、腰も細くジーンズの幅はいつもゆったりと余っていた。

武は早朝にジョギングに出かけている。朝の六時に起こされて、それに付き合ったことが数度あるが、俺は武より八歳も若いにもかかわらず、まるでついていけなかった。走る後ろ姿はぴんと背筋が伸びていて、専門知識はないが美しい走り方なのだろうと思う。

運動神経が悪いようにも見えず、不健康というわけでもないのだろうが、それでも武の腕を掴んだときの、あの軽い感触がまだ俺の手には残っている。ふわふわと、中身のない抜け殻を掴んでいるような、妙に落ち着かない気分にさせられた。

「慎吾さん、今度一緒にパンを作りませんか？」

武の美しい箸の持ち方や所作をぼんやり眺めながら米を咀嚼していると、ふと武がそんなことを言いだした。武の立ち居振る舞いにはどこか品があり、育ちの良さを感じる。さぞ、生徒の母親たちにも評判がいいことだろうと想像した。

「……パン？」

「はい、パンです。生地をこねて、オーブンで焼くんです」

二人きりのときに武が喋ると、なんとなくその場の間が抜けた。そういうときの武はたいてい子どものようにニコニコしていて、その笑顔に、俺も話の脈絡なんかどうでもいいか、という気にさせられる。

「別にいいけど、なんでパン？」

「？　……おいしいですよ？」

微妙に噛み合わない会話に、俺がふんと鼻で笑うと、武はいつも仏頂面の俺が笑ったとでも思ったのだろう、ますます嬉しそうに目尻を下げた。武の隣でパン生地をこねる自分の姿を想像した。似合わない。

武も俺もそう多弁ではないし、あれこれと質問を投げかけて、互いに干渉するようなことはなかった。それでもこうして一緒に食事をして他愛のない会話をしていると、俺は武と友達にでもなった気分だった。

けれど、それがただの〝気分〟でしかないということはわかっていた。鍵をもらって、二人で食事をしたって、武の深い部分に介入できるようになったわけじゃない。

武からは絵の仕事を受ける上での条件を提示された。名前は公表しない、金は受け取らないということだった。とてもじゃないが、俺には理解のできない内容だ。デザイナーに藤浦奈々緒を指名された。気心の知れた友人とのタッグであれば武が伸び伸びと絵を描けるというのなら、それに関して異論はない。

それから、この何日かの間に、武のパソコンを借りることが何度かあった。メールボックスには、絵の依頼がいくつか届いていた。数は多くなかったが、大きな企業から、出版社、小さなデザイン会社まで依頼主は様々だ。だが、そのどれにも丁寧に断りの返信をしていた。

「武先生は、外部からの絵の依頼は受けねぇの？」

今回の仕事だって一度は断られている。武は先生以外の仕事に消極的だ。

「……いえ、それは……、その、いいんです……、僕は……」

武はその話題に関してはばつが悪いようで、曖昧に濁されてその話は終わった。

PERFECT SPRINGは大きなイベントだっただけに、どこからか武の情報が漏れ、仕事の依頼が舞い込んでいるに違いない。これでもし情報が大々的に公開されれば、武の絵を欲しがる会社や人物は、今の数では済まないのだろうと思った。武の絵は俺以外の目から見ても、それだけの魅力があるのだ。

もし武が積極的に仕事を受け、人気のアーティストになって忙しくなったら、きっとこうして

穏やかに過ごす時間はなくなるだろう。それは寂しいことだが、武の絵はもっと外へ出るべきだ。

俺はこうしてLiolineのメンバーになったからには、当然売れたいという気持ちがある。たくさんの人に歌を聴いてもらって、好きだと思ってもらいたい。それが当たり前だと思っていた。

だが、武からはそれを感じない。もっとたくさんの人に絵を見てもらい、認めてもらいたいという欲求がない。それが俺には歯痒く、どこか気持ち悪く感じた。歌と絵は遠いようで近い存在だ。方法は違えども、俺と武は同じ表現者であり、アーティストだと思ったが、その価値観はあまりにも遠い。

子どもたちに芸術の素晴らしさを伝えることは大事なことだ。今の仕事を否定するわけじゃない。けれど、武は人が羨むような才能を持ち合わせながら、それを三階の薄暗い倉庫に隠して、このアトリエに閉じこもっているように見えた。

「慎吾さん、今夜は少し冷えますから、そこで寝ないでくださいね。倉庫も駄目ですよ」

ソファーに寝ころび、武のスケッチブックを捲っていると、キッチンの片づけを終えた武がそばに膝をつき、ローテーブルに湯呑を置く。梅こぶ茶だ。ふと見やると、武がこちらを振り向いたところだった。

「武先生は、いつも家にいるな」

「え……？」

武はきょとんとしていた。

「休みの日も、いつ来てもここにいる。遊びに行ったりしねぇんだ？」

「友達、少ないですから」

「なんで？」

被せるように尋ねると、武は困ったように頬を掻いた。

「……さぁ、僕、あまりおもしろくないですからね」

武の視線は不安定に彷徨い、床に落ちた。武は確かに人を笑わせたりするタイプじゃない。でもそれが原因で友達がいないというふうには見えなかった。――拒んでいるんだ、人を。

そして武はきっと、少しばかり浮いている。椎名が以前、俺に言った言葉だ。才能を持った人間は周囲から浮くものだ、と。

「あの、変、ですか、僕……」

ぼそりと、武が言う。武の拳がきゅっと握られるのを見た。

「まぁ、変かもな」

俺が言うと、武は眉尻を下げて、へらりと笑った。笑顔はわずかに引き攣っていた。意地悪な物言いをしてしまった自分に、俺は小さく舌打ちをした。俺はたぶん、いらいらしている。


「お前は地上から二センチばかり浮いている」

そう、俺が椎名に声をかけられたのは、大学三年生の初夏だった。

椎名は当時すでに川久保とLiolineとして活動を始めていた。俺は椎名を日本で一番上手い若手R&Bシンガーだと思っていた。ソロ時代のCDも持っているほどには、好きな歌い手のひとりだ。

「二センチ？　浮い……？」

俺が聞き返すと、椎名はにっこりと笑った。

「慎吾、俺はジョークを言う男だが、嘘は言わない。お前の声に俺は惚れたよ」

アカペラサークルのストリートライブを終えた直後に声をかけられ、憧れ半分でついて行くと、出会って一時間も経たないうちに、椎名はそう言った。あまりにストレートな言葉に、さすがに訝しんで俺が顔をしかめると、椎名はふっと鼻で笑った。

「ガキくさくて下手くそで、真っ直ぐでいい。おまけにすごく不器用で粗削りだ。そういう声はぐさっとくるんだ。とっても乱暴にね。お前の声が紳士の声になっていくのを、俺は近くで見てみたい。俺の思う通りのシンガーになったら、この世界で食っていけるよ」

「あんた、詐欺師みてぇだ」

俺が言うと、椎名は軽やかに笑って、俺の肩をバンバンと強く叩いたのを覚えている。

俺は中学二年の夏から同級生とロックバンドを始めたが、自分の高めの声はロックには合わなかったのと、気恥ずかしさもあって、歌は歌わずにドラムを叩いていた。

ドラムは楽しかったが、どうしても歌が歌いたくて、上京後大学ではアカペラサークルに入った。路上でJ-POPを歌い、保育園でアニメソングを歌い、老人ホームや病院で歌謡曲を歌った。

俺は高音が出ることでいくらかもてはやされたが、物珍しいだけだろうと思っていた。俺は俺の歌声を客観的に聞いたことがなかった。下手ではないと思っていたが、なにか特別な魅力を持っているとも思わなかった。

歌を歌うことは好きだったが、プロの歌手になろうとは思ったことはなかった。いつもなにをやるにも自分には無理だろうという気持ちが少なからず働いていた。色が見えなくても歌は歌えるとわかっていたはずなのだが、どうしても自分は人より劣っていると思えていたのだ。

だが、椎名は俺が歌手になる覚悟を決めるまで、一日と置かずに俺を口説きに来た。大学の学食に現れ、軽いパニックが起こったこともある。椎名が俺の歌声に惚れたという言葉は嘘じゃなかった。

「どんなに友達がいたって、楽しくサークル活動しているふりをしていたって、才能っていうのは周囲から少し浮くものだ」

椎名は俺の目を覗き込んで言った。なるほど、それが椎名の言う〝二センチ〟のことらしい。

「本当は気付いているくせに。自分はほかとは違うって」

椎名のその言葉が決め手だった。ドラムもアカペラも楽しかった。仲間とはうまくやっていたし、友達もそれなりにいた。女にもモテるほうだ。けれど、なんとなく気持ちは宙ぶらりんで、歌を歌う以外はなにをしていても退屈だった。そういう誰にも言えない違和感が、〝二センチ〟を差しているのだとわかった。

椎名の目を見つめて、ほんの少し頷くだけで良かった。

椎名が一番苦労したのは川久保の説得だったと最近になって知らされた。川久保は、一回りも歳の離れた俺を、若すぎてLiolineの方向性には合わないだろうと判断したそうだ。Liolineのファン層は二十代後半以上の女性ばかりだ。楽曲もセクシャルで甘いラブバラードを多く扱う。大人の女の心を揺さぶる、愛を囁くような歌を、二十歳そこそこの子どもに歌わせる気はなかったのだろう。だが、

「川久保、お前はこういう才能が大好物なはずだ」

そう言った椎名に無理やり、川久保の目の前で歌を歌わされたあと、彼はもうなにも言わなかったが、いつの間にか俺の加入は決定していた。

俺が自分の目のことを明かしているのはごく一部に限る。きちんと説明をした友人も数少ない。メンバーや事務所にはそのことで迷惑はかけまいと早いうちに説明したが、外部には公表されていない。余計なことで騒がれるのは、事務所としても本意ではないらしい。

初めて自分の目のことを打ち明けたとき、返す言葉がないのか、川久保は眉間に皺を寄せて唸るだけだったが、

「慎吾、俺はお前ほどドラマティックな男を見たことがない。いいじゃない！」

と、椎名はあっけらかんと言った。椎名は同情も慰めもなく、ただ事実を肯定し、俺を受け入れた。どこかくすぶりを感じていた俺の心が、すとんとあるべき場所におさまった瞬間だった。

新しいアルバムもあとは武の絵を待つばかりで、発売日自体は公表済みだ。それに先駆けてアルバム収録曲の一曲がＣＭのタイアップに決まり、夏以降のライブ出演も次々と決まっていた。雑誌の取材が増えたが、自分の知名度が上がっているという実感はあまりない。

そんな折に、深夜の音楽番組にゲスト出演した。窮屈なジャケットで着飾るのは苦痛だ。テレビ番組に出るのが嫌いなわけじゃないが、少し面倒ではあった。俺は作り笑いも気の利いた言葉選びも上手くない。幸いにも、お喋りは椎名の担当だ。俺は黙っていれば良かった。

問題は歌撮りだった。ここ最近、いまいち自分の声の調子が良くない。声を出すとき、喉が広がる感じがした。鋭く締まった得意の声が出ないのだ。

最近は武の家に入り浸り、食生活は普段の何倍も健康的だが、生活サイクルはより不規則で睡眠時間は少ない。そのせいかと思ったが、俺の声の不調に、椎名も川久保も特になにも言わなかった。それが不思議で、結局自分から切り出した。歌撮りにＯＫが出た直後だった。

「なぁ、なんか俺の声、変じゃなかった？」

尋ねると、椎名と川久保は一度、きょとんと顔を見合わせる。

「そうか？　むしろ良かったと思うけどな。上手くなったんじゃないか？　特にここ最近、急に」

普段厳しい川久保が、あっさりとそう言ったので拍子抜けした。その隣で椎名はニヤニヤと笑っている。意地悪を言って俺をからかうときの顔だ。

「恋でもしてるんじゃない？　坊や」

「はあ？」

大げさなくらい嫌な顔をしてやったつもりだが、椎名はそんなことを気にする男じゃない。鼻歌混じりに俺の肩に腕を回し、言う。

「恋をすると、歌が歌えなくなることもあるし、逆に歌でしか発散できなくなったりもするものさ。喉が開いて柔らかな声だったじゃない、慎吾。お前のあのキンキンと高い、鋭い刃のような声が、ついに暖かな毛布になって、愛しい人の肩を抱く。そんな姿が俺には見えたね」

椎名の言っていることのすべてを瞬時に理解するのは難しい。俺はすでに話半分でしか聞いていなかった。だが、次の言葉はしっかりと耳に届いた。

「歌が歌いにくく感じていただろう。気にすることはないさ。成長痛のようなものだ」

椎名もこのわずらわしさを過去に経験したような口ぶりだ。そしてこの事態を危険視しているのは自分だけだということもわかった。

その日は仕事が昼過ぎに終わり、そのまま武の家へ直行しようかと思ったが、先日、意地悪なことを言ってしまったのを思い出し、ばつが悪くて踵を返した。

俺は下北沢のアパートの一室に向かった。そこは俺の住まいでもあるが、玄関のプレートにはカタカナで「フクオ」と書かれている。厳密には俺の家ではなく、居候先だ。

久々に家主がいる時間帯に居合わせたようで、玄関の鍵は開いていた。ベルを押すでもなく扉を開けると、カシャッというシャッター音と共にフラッシュが俺の目を焼いた。家主は窓から俺の姿を見つけていたのか、玄関でカメラを構え、待ち伏せをしていたらしい。光ったのはポラロイドカメラだった。

「久しぶり、慎吾」

悪びれる様子もなく、ニヤけた顔でフクオは言った。俺の顔は見ないまま、すでに気持ちは引き出したポラロイド写真に移っている。早々に居間へと戻って行ってしまった。

俺の目は光にも闇にも弱い。フクオのそれは、この目のことを知っていての悪戯だ。この野郎、と毎度思うことだが、いくら言っても彼は聞く耳を持たない。

フクオは二十七歳のカメラマンだ。プロカメラマンのアシスタントをしながら、個人でも仕事をこなしたり、作品制作をしたりしている。仕事が不規則で多忙なため、この部屋で鉢合わせたのは実に二週間ぶりだ。フクオはたいてい会社に寝泊まりしているか、あるいは女の家を渡り歩いている。今日も彼からは嗅ぎ慣れない女の香水の匂いがした。

なぜフクオのような男がモテるのだろうと思ったが、いかんせん見た目が良い。スタイルが良く、今人気の若い俳優に顔が少し似ている。それに加えて傲慢で自分勝手な態度は、もしかしたら、女からすれば頼りがいのあるいい男に見えるのかもしれない。俺からすればただの性悪だ。

武は逆にもっとモテるべきだ。前にふとそういう話題になったとき、仕事柄、知り合う歳の近い女性がすべて人妻なのが災いしてか、武はもう何年も彼女がいないと言った。

好みのタイプを尋ねたら、やはり困っていた。あの美しいデザイナーの藤浦奈々緒に対しても、そういう気持ちを抱いたことはないという。

「素直な人であれば」

武は散々悩んだ挙句に、はにかむ笑顔でそれだけ言った。同じ質問を武にされたが、俺が曖昧にすると、武は「ずるい」と言って笑った。それ以上しつこく問われることはなかった。

　武は穏やかで真面目で誠実だ。清潔感もあるし、裕福な家の長男で育ちが良い。行くところに行けば引く手あまただろうが、彼は子ども好きの割に結婚願望がない様子で、これといって相手を探すような素振りもない。三十一といえば性欲が枯れるにもまだ早い。不思議な男だ。

　変わって椎名は、自覚はないが相当な女たらしだ。デビューしてから四度、三か月前にもモデルと仲良く週刊誌に載ってしまった。川久保はかんかんに怒るが、本人がいかんせん気にしていないのだから、しばらく椎名のスキャンダルは途絶えないだろう。

　俺もモテなくはないが、Liolineに入ってからは、川久保にきつく言われている。「恋愛するなとは言わないが、変な女に引っかかるな」と。

　目の前のフクオは、欲求に対してある種、素直なバイセクシャルである。

　俺は大学二年の夏ごろからフクオの部屋に居候をしている。色々と出費が重なり、金銭的に余裕がなかったときに、フクオに渋谷で声をかけられた。カメラの被写体としてスカウトされたのが出会いだった。

　フクオの部屋はいつも薄暗く、部屋中にモノクロ写真が吊るされている。女の裸の写真がほとんどで、男の裸の写真もいくつかある。性器の映った写真は、いくら芸術だと言われても気分は良くなかった。

　俺も一度服を脱げと言われたことがあるが、上半身を晒したらすぐに嫌な顔をされた。

「お前、顔は綺麗なのに、身体がえげつない。萎えた、もういい」

俺の背格好や顔に不釣(ふ)り合(つ)いな引き締まった腕や、くっきりと割れた腹筋がお気に召(め)さなかったらしい。どちらもドラムを叩いたり声を出したりするのに必要な筋肉だ。

フクオは男を抱いたり抱かれたりする性癖(せいへき)もあったが、それを俺には求めなかった。被写体としては良いが、そういう意味ではタイプではないとはっきり言った。

そして性欲や性への探求心は尽きないくせに、フクオは恋をしない。色恋沙汰(ざた)はより美しい芸術を追い求めるのに邪魔(じゃま)なのだそうだ。酔(よ)って吐(は)き出されるフクオの持論を、俺はたまに話半分に聞いてやるのだ。

実際そうして誰にも強い執着を抱かないせいか、フクオは俺が部屋にいることを邪険(じゃけん)にもしなかった。俺もフクオのことは性悪だとは思っているが、不干渉でさばさばした物言いは意外と気に入っている。以来、自然と同居が続いている。お互いに寝るために帰っている程度なので、顔を合わせることも少ない。

しかし、それも俺が武の家に入り浸るようになってさらに減った。フクオもまるで興味のない顔をして、俺のことはそれなりに気にしてはいるようだ。久しぶりだと口にしたということは、その変化に気付いていているのだろう。俺の私物はもともとほとんどなかったが、それがさらに減っているのだ。

「お前、なに、男できた？」

突拍子(とっぴょうし)もなくそう尋ねられたのは、まるまる暗室に改造されたキッチンからだった。俺は居間に寝そべって、録画した音楽番組を見ていた。自分たちも出演したものだ。

「できてねーし、つーかなんで男なんだよ」

「わかんだよ、匂いで」

男と言われて思わず、お前と一緒にするなと鼻の頭に皺を寄せたが、思い浮かんだのは武のふにゃりとした笑顔だった。

悩んだが、フクオにはことの一部始終を簡潔に話して聞かせた。色を認識できる絵が存在すること、その描き手の家に最近はちょくちょく出向いていること、今度出るCDのジャケットがその描き手による絵になるだろうことだ。

フクオは珍しく俺の話に興味を示した。ケータイに保存してある武の絵を見せると、食い入るように眺め、不機嫌そうに唇をへの字に歪めた。

「この絵には色が見えるって？　ふーん、むかつく。俺の写真はモノクロにしか見えないくせに」

「お前の写真はいつもモノクロなんじゃねーのか」

「馬鹿、死ね。モノクロ写真にも色はあんだ。クソが」

フクオは眉間に皺を寄せてそう言い、俺の足を軽く蹴飛ばした。鉛筆で描かれた武のラフ画を思い出した。黒と言っても、ただの真っ黒じゃない。フクオはそういうことを言いたいのだろうか、と思ったが、俺にはまだ複雑な話だ。

「なぁ、これ描いたやつ。こいつ、家が裕福だろう」

フクオは俺のケータイを見つめたまま、そう尋ねてくるが、その物言いは確信めいていた。

武の父親の名前くらいは、俺も聞いたことがある。有名な建築デザイナーだそうだ。自由が丘のあのアトリエも父から譲り受けた持ち家らしい。

作曲関係の仕事をしている武の弟には、スタジオで何度か会ったことがある。顔はあまり似ておらず、性格も陽気で兄とは真反対だった。「あんたの兄貴と親しくしてる」と先日初めて話しかけたとき、冗談だと思われたらしい。笑われた。

「ハハ、きみみたいな若い子と？　あの兄貴に限って、ありえへん」

その弟が、実家には高級車が三台あって、庭にはプールがあると教えてくれた。俺はへぇと適当な相槌を打ったのを覚えている。

「まぁ、たぶん、かなり上流階級だと思うぜ」

「……だろうな。なんか、いい環境で育ったんだろうな。優しい絵だ、汚れてねぇ。俺には一生撮れねぇような作品だ」

「なんだよ、気持ち悪いな」

フクオが十六歳のとき、彼の両親は突然いなくなったらしい。苦労をしてきているせいか、金持ちのボンボンと見るや唾を吐いて噛み付いてきた彼らしからぬ発言に、鳥肌が立った。

フクオは、仕事に対しては生真面目なほどきちんとしている。才能がないとも思わない。けれど気性が荒いので、いい作品を目の当たりにして、嫉妬して悪態をつく子どもじみた姿を見たことが何度かある。そのせいか、こんなふうに素直に武の絵を認めるとは思っていなかった。

フクオは意外そうに、片眉を吊り上げる。

「別に、住んでる世界が違い過ぎて、ケチをつけにくいだけだ。よくわからないものにイチャモンをつけるのって難しいだろ」

「まぁ、そうかな」

「なぁ、どんなやつだ？　その武って男は。いい身体してんのか」

　ぱっと話を切り替えるように、フクオは言った。この男は変態だ。見ず知らずの武のことですら、妄想の中で被写体にしようとしている。

「タッパはあるけど、いかにも文化系って感じの、細身の優男かな。お絵かき教室の先生だ、いい身体ってことはないだろ。ああ、でも毎朝ジョギングしてる」

と、武の身体を思い浮かべた。キッチンに立ち、料理を作る背中はいつも少し丸まっている。武は少し大きめの服をゆったりと着ていることが多い。たぶん、身長に対して身幅がないから、丈に合わせると自然とそうなるんだろう。

　こないだ着ていた七分袖のカットソーは、珍しく細身のものだった。ラウンドの襟ぐりは広く開いていて、色は濃かった。骨ばった腕がいやに白く光って見えたのを覚えている。

「へぇ、いいな、見てみたいな、裸」

　フクオの呟きにぎょっとして現実に引き戻された。武の裸を見たことはないし、想像したこともない。分野は違えど、俺たちは芸術家の部類に入るだろう。だが、俺はフクオみたいな変態じゃない。

「武先生か、いいなぁ、きっと〝ちょうどいい〟んだろうな。慎吾みたいに、痩せてるくせにバキバキに腹筋の割れてるやつは駄目だ。ああいうもんは、薄くて平たい皮膚の下に隠れているから良いんだ」

「お前なぁ、いい加減にしろよ」

うぇ、と俺は舌を出した。フクオの美的感覚は俺にはディープすぎる。

「それでお前、その男に惚れたのかよ。俺よりいい男なんていねーと思うけどな」

フクオは、ぽいっと俺のケータイを放りながら言った。

「馬鹿言え。お前と比べるなんて、失礼にあたるレベルでいい人だけど、惚れたとかそういうんじゃねーっつってんだろ」

「嘘つけ、隠すなよ。わかんだって」

「変わり者だよ、武先生は。いい人だし優しいけど、変な人なんだ」

俺が言うと、けらけらと笑っていたフクオは、ぴたりと笑うのをやめた。

「なに言ってんだ、慎吾。芸術家なんてみんな変わり者だろ?」

「先生のはまたちょっと種類が違う。もっとたくさん絵を描いて、仕事をして、自分の作品を外に広めればいいのに、それをしない。欲がねぇんだ」

思い出したら、またいらいらしてきてしまった。フクオは唇を尖らせた俺を見下ろして、ふっと声を漏らして笑う。

「本来、アーティストなんて職業は、金持ちの息子か、金持ちの男を捕まえた嫁がなるもんだ」

芸術は金にならない上に、金がかかる。現に、フクオは小さな展示会をすることがあるが、そのためにアシスタントの仕事で日々忙しく走り回っている。金がなくてはいい道具は揃わないし、作品を披露する場も設けられないからだ。

「でもたまに、俺たちはそういうものに唾を吐きながら、心のどこかでは羨ましがってる。ああいうふうには絶対になれないからだ。その先生みたいなやつらは、俺たちみてぇなドブネズミ系アーティストを、どんなふうに思ってるんだろうな」

フクオはこうやって、時々俺のことを同類にして話をする。

俺の家も貧乏だった。いつも喧嘩をしていた両親は、俺が大学に進学し、家を出たタイミングで離婚した。俺が家を出るまで離婚はしないという約束だったのだと、そのときになってわかった。それまではいつも、早く離婚すればいいのにと思っていた。両親にはそれぞれ、もう別の恋人がいるのを知っていた。

実家と呼べるものはもうない。自分のことを悲劇の主人公と思うわけじゃなかったが、武のことを〝住んでる世界が違う〟と言われて、違和感がなかったのも事実だ。武のことが理解できなくても、それが当たり前なのかもしれない。

そのとき、垂れ流しになっていた録画番組から、Lioline の前奏が流れた。フクオとの会話を切り上げて、俺はテレビに向き直る。やがて椎名が歌い出し、俺の声がコーラスに入った。

――やはり、声が違う。俺は唇を歪めた。まるで自分の声ではないようにすら聞こえた。細く突き抜ける、高い声じゃない。

「……お前、いらいらしてんだろ？」

後ろから、ふいにフクオが言った。

「まあ、いらいらはしてるよ」

自分の声のこともそうだが、俺は武のことにも酷くいらいらしている。武の絵を良いと思うほど、好きだと思うほどに、歯痒い。あの痩せた背中を突き飛ばして、アトリエの外に押し出してやりたい。こんなに美しい絵を描く男が、ここにいるんだということを、世界中に知らせてやりたい。武という男は、俺の思い通りにはならない。だからいらいらするのだ。

「ふーん。お前、だからここに来たんだ？」

「はあ？」

「それだけその武とかいう男のところに入り浸っておいて、むしゃくしゃしてるときだけは俺のところに帰って来る。見せたくねーんだろ。いらついてるところ。嫌われるかもしんねーし。お前って俺と似て性格悪いから、嫌われるようなこと平気で言ったりしたりするだろう。よっぽど好きだな、お前、そいつのこと」

「──だから、違……」

振り返って言いかけたが、その瞬間、テレビから流れ出る歌声に、明らかな変化を感じた。

「……！」

きんと高く冷たい声じゃない。初めて自分の歌声が、焦れて燃えるのを聞いたような気がした。

驚いて、呼吸が止まった。広がった喉から、柔らかな声が響いている。椎名が言った言葉が、今になってやっと理解できる。流れて来る声は、誰かを欲する、恋を知った男の歌声だ。

「慎吾、お前、変わったぜ。全然違う」

フクオは静かに、からかうでもなく言った。

テレビに映る自分の姿は、どこか苦しげにも見える。わかっていないからだ。ただ歌いにくいだけで、その歌声がどんなふうに聞こえているのか、知らないだけ。

「全然違えよ、お前。声も、表情も、喋り方も」

フクオはそう言いながら、新しく現像した写真を壁に吊り下げた。若い女が脚を開いた写真だ。悪趣味で変態くさい写真ばかりが部屋を満たしている。けれど時折はっとするような写真を、フクオは撮ってくるのだ。でなければ俺もこんな男の話になど、耳を傾けなかっただろう。

「わかってんだ、俺は。お前は恋でもしなきゃ、変わんねー男だってことを」

言い返せなかった。俺は確かに変わったのかもしれない。武の絵は俺の世界に色を与えてくれた。アカペラで歌を歌い始めても、Lioline に入っても味わえなかった充足感が脳天を突き抜け、絶対的に欠けていて、決して手に入らないものだったはずの喜びが、今身のまわりを浮遊している。胸の内はいつでも浮ついていて、これは二十三年間、一度も体験したことのない感情だった。

武の笑顔を思い出す。胸の辺りを摑むと、ぎゅう、と締め付けられた心臓が、弾けるような音を立てた。それなのに酷くいら立って、不満で、切ない。

そして同時に、フクオの言った言葉が頭の中に渦巻いた。武と俺とでは住んでいる世界が違うということ。武は俺のような育ちの悪い生意気な若僧を、どんなふうに思っているだろう。

「なぁ慎吾、お前は俺をどっかで軽蔑してるだろ」

フクオを振り返ると、彼は冷たい目で俺を見下ろしていた。軽蔑とは、おそらくフクオの性癖

のことを指している。俺は男を好きになったことはない。セックスしたいとも思わない。

「でも、仕方ねぇことだと思うぜ。お前はその武ってやつに、人生をひっくり返されちまったんだ」

「………」

「ひっくり返されたら、俺もきっと、どうしようもなく好きになると思うぜ」

恋をしない男は、静かにそう呟いた。

狭く暗いアパートの一室には似合わない、Liolireの切ないラブバラードが鼓膜を打つ。俺は椎名が書く恋の歌詞の意味を、今まで一度も深く考えたことなんかなかったのだと知った。


フクオのアパートの床で目が覚めたのは、夕方の、陽が暮れ始めた頃だった。フクオは仕事で出て行ったらしく、部屋には誰もいない。あちこち固まって痛む身体を起こすと、二日酔いで頭が割れそうに痛んだ。

昨夜は久しぶりにフクオと外で食事をした。近所の行きつけの安い飲み屋だ。フクオの鬱陶しい芸術論を聞きながら、酒を飲んだ。武の家の冷蔵庫には酒が入っていないので、酷く久しぶりにアルコールを口にした気がする。口に入れる料理のすべてが、濃くてうるさい味に感じた。俺の舌は、もうすっかり武の優しい手料理の味に慣らされているらしい。

しばらく床の上をごろごろしていたが、ぐうと腹が鳴ってため息が出た。今日は日曜日で、武の授業はない。ジャケット用の絵は仕上げに入っている。完成の瞬間は絶対に見届けたい。それに今から行けば武の夕飯にありつけるという算段があった。

重たい身体を引きずるようにアパートを出て、電車に乗り渋谷に着くと、改札を出たところで肩を叩かれた。振り返ると、藤浦奈々緒が立っていた。

「慎吾さん、偶然(ぐうぜん)！」

歯切れのいい彼女の声は、二日酔いの頭に重たく響いた。俺は作り笑いもろくにできないまま、軽く会釈(えしゃく)をした。

俺はなんとなく奈々緒のことが苦手だった。彼女は、はつらつとした美人だ。どうしてこんな派手な女性が、武の友人なのか不思議だった。

「今からどちらへ？」

と尋ねられ、武の家だと言うのがはばかられた。咄嗟(とっさ)に「別に」と答えた。

仕事で往訪の帰りだと言った彼女は、イベントの楽屋で会ったときとは違い、スーツ姿だった。小脇(こわき)に抱えた鞄は書類でいっぱいになっている。

「良ければ、少しお時間いただけませんか？　話したいことがあったんです」

断るのは簡単だったが、話したいことがある、と言われれば言葉に詰まった。彼女と俺の共通の話題があるとすれば、それは仕事の話か、――武のことしかないからだ。

俺が「はぁ」と曖昧な返事を返すと、彼女はにっこりと微笑み、「じゃあ行きましょう」と言って長い脚でずんずんと俺の前を歩いた。なるほど、嫌味(いやみ)のない強引な女だ、と思う。武との相性が良い理由が少しだけわかった気がした。

「慎吾さんって、変装とかしないんですね」

奈々緒に連れられ、駅近くのカフェに入り向かい合って座ると、奈々緒はそう切り出した。

Lioline の顔は椎名だ。俺は変装するほど顔が知られているわけじゃない。

「眼鏡とか、サングラスくらいなら、たまにかけるけど」

「そうですか。慎吾さん、目弱そうですもんね」

「え?」

ぎょっとして思わず聞き返すと、彼女は首を傾げた。

「瞳の色が薄いから、陽の光とかに弱いでしょう?」

「……あ、ああ」

驚かせるなよ、と心の中で思う。一瞬焦ったが、どうやらなにがバレているわけでもないらしい。胸を撫で下ろしたところに、注文したアイスコーヒーが二つテーブルに届けられた。

「……慎吾さん、ありがとうございます、武のこと」

武の名前が出て、俺は思わず肩に力が入るのを感じた。

グラスの中に浮かぶ氷をストローで突つく彼女の左手の薬指には、シンプルな指輪が嵌っていた。俺がそれをじっと見つめていることに気付いたのか、彼女は笑って「娘もいるんですよ、もう四歳なの」と言った。

「武の教室、週に一度だけ、四歳から六歳児向けの親子クラスがあるのを知ってます? 娘と何回か通わせてもらってるんだけど、いつも予約ですぐに埋まってしまうの。ママたちからすれば、武は若くてかっこいいから、人気なんです。それを知らないのは武本人だけ」

武の優しげな笑顔が、大人の女たちの胸をぐさぐさと刺激し、控えめな態度は母性本能をくすぐるのだろう。俺はへぇ、と相槌を打ちながら奈々緒の話を聞いた。

「一度、評判が広まって『イケメン講師のいる習い事教室特集』の雑誌取材が来たときの、武の慌てっぷりはおかしかったわ。結局それも断ってたけど……」

ふいに、言葉尻のトーンが落ちた。

「武はいつもそうなんです。私が仕事の依頼をしても、断ってばかり。こないだのPERFECT SPRINGのポスターを描いてもらえたのは奇跡だった。だから、Liolineのジャケットイラストを描くと知って、驚いたし、嬉しかったんですよ」

「……はぁ」

「歯痒かったの、いつも……」

奈々緒の呟きに、どきりと心臓が鳴る。ちらりと彼女の視線が俺を見た。

「私ね、武の絵が大好きだから、大学時代はよく彼に付きまとってたんです。コンペや作品公募があれば出せ出せって騒いだりして。当時の武は今と同じように大人しい性格だったけど、それでも作品制作には熱心だった。でも、大学二年の終わりごろ、ぱったり作品を作らなくなってしまったんです」

「……なんで……？」

尋ねた声は震えた。

「あまり、詳しいことは知らないんです、武が教えてくれないから。でも――」

部屋にあった服に適当に着替えて来たが、パンツもパーカーもフクオのものであることに気が付いたのは、奈々緒と別れ、渋谷駅から東急東横線に乗ったときだった。どういう色合わせで着ているかわからないのは、少しばかり心許ない気がして落ち着かなかった。

色が見えたら違ったかもしれないが、ファッションに興味はない。人に派手だと言われる普段の洋服は、柄や明度で見分けてコーディネイトしたら自然とそうなっただけだ。シンプルな色味同士を見分けて着るのは難しい。

相変わらず、電車の中はただの灰色の箱だ。もし中吊り広告ぜんぶが武の絵だったら、俺は目的の駅に着くまでの退屈な時間を持て余さなくて済んだだろう。渋谷も武のポスターが剝がされてしまったあとは、この電車の中と同じで退屈な場所だった。

武は今、Liolineのために絵を描いている。あの絵が完成したら、武の絵は俺たちのアルバムのジャケットになってCDショップに並び、ポスターやフライヤーになる。テレビやネットにも映るだろう。俺の生活にきっと色は増えていく。そう思ったら、ぞわぞわと鳥肌が立った。

――もっと有名な歌手になろう。Liolineが人気のグループになって、また武が絵を描いてくれれば、もっともっと俺の世界は武の彩で美しくなるはずだ。

電車の窓から見える風景も、俺には寂れた街並みにしか見えない。こうして見渡すなんでもない景色に、ぽつぽつと街灯に明かりが灯されていくように、色が足されていくのを俺は想像した。

自由が丘で下車し、勝手知ったる武の自宅の鍵を開け、中に入った。一階のアトリエスペースにはイーゼルが立てかけてあるだけで、武の姿はなく、電気は暗く落ちている。この時刻であれば、武はキッチンにいるはずだが、二階へ駆け上がっても夕飯のいい匂いはしなかった。居間の明かりをつける。やはり、武はいない。シンと静かだ。

俺は頭を掻き、呆然とした。念のため三階の倉庫の様子も見たが、前回俺が来たときのままだった。武がいない武の家を訪れたのは、これが初めてだった。

『武先生は、いつも家にいるな』

そんな意地悪を言ったことが、ちくりと胸を刺した。武のことだ、図書館や映画館くらいなら足を延ばすこともあるだろう。それに、俺に言われて誰かとどこかに遊びに行ったのかもしれない。いいことじゃないか。そうなって欲しかった。でも、誰かって誰だ？　どこへ行った？

ソファーに座ってテレビをつけてみたが、落ち着かなくてすぐに消した。なんとなくケータイを取り出したが、俺の電話帳には武のケータイの番号が入っていないことに気付いた。そうか、俺は武の絵を眺めて、武の手料理を食べ、他愛のない会話をして、武の隣で眠ったけれど、ケータイの連絡先も知らない程度の仲だったのか——。

ぼんやりと光るケータイ画面には、PERFECT SPRINGのポスターの花の絵が眩しく輝いている。その輝きに目を瞑って、鼻から大きく息を吸った。この家からは武の匂いがする。美術室の匂いに似ていて、そして穏やかで優しくて、だけどちょっと切なかった。

俺はそれからしばらく部屋の中をうろうろしたが、いっこうに武が帰って来る気配がない。ソファーに横になり、うとうとし始めたころ、玄関から物音がして、はっとした。

ケータイの時計を確認すると、俺が武の部屋に来てからもう一時間半も経っていた。俺は跳ね起き、階段を駆け下りた。ちょうど玄関でスニーカーを脱いだ武が、俺を見て目を丸くした。

「びっくりした。慎吾さん、誰かと思いましたよ。珍しい、今日は少し洋服が大人っぽいですね」

「――っ」

やっぱり失敗だったか。これって何色？　変か？　と尋ねかけて、俺は口を噤んだ。代わりに低めの声で「どこ行ってたんだ、先生」と言った。相変わらずぶっきらぼうな響きだった。

「どこ、って、買い物に……」

そう言った武の手には、近所のスーパーの買い物袋がぶら下がっている。

「んなもん、見りゃわかんだよ。随分遅かった」

「ああ、久しぶりに、駅の向こう側のカフェで読書を。帰り道で生徒の親御さんに偶然お会いして、話し込んでしまって、それで」

「……あ、っそ」

武にこれといって変わった様子もない。あっけらかんとそう言われて、俺は一層不機嫌な態度を取ってしまった。武はきょとんと俺を見つめたあと、ふにゃりと笑う。

「ふふ、慎吾さん、お腹すいて気が立ってるんでしょ」

「はぁ？」

「大丈夫ですよ。今日はね、慎吾さんが来るんじゃないかと思って、材料も少し多めに」

「別に、そういうんじゃねえから」

「すぐ作りますから、待っててください」

「だから……っ！」

武は優しい眼差しで俺を見つめていた。その瞳には愛情があった。だがそれは俺を男として愛する目じゃない。癇癪を起こし、駄々をこねる子どもをそっと見守る、親のような目だ。

「…………」

俺が口を噤むと、にこっと微笑んでくる。武は二階へと上がり、買ってきた食材を片づけると、キッチンに立った。エプロンの後ろは綺麗にリボン結びになっていた。

「武先生」

「はい？」

「ケー番教えてくれよ」

俺がぽつりと強請ったら、武は「ふふ」と笑った。武はケータイを持っていなかった。必要がないからだと言った。

『――武にはね、すごく仲のいい友達がいたんです』

頭の中に、昼間カフェで奈々緒から聞いた言葉が蘇った。

『その友達はたぶん天才だった。武とは違う種類の。でも、その彼が大学からいなくなってしまって、それで』

　武の背中はどこか寂しかった。俺は武の料理が出来上がるのを待っていられずに、キッチンに足を踏み入れた。武はちらりとだけ俺を見たが、なにも言わなかった。

『糸が切れるように、ぷつりと、武は……』

　奈々緒の言葉が静かに耳の奥に反響した。俺は武の後ろから、腰に腕を回した。武はぴくりと肩を動かしたが、俺を振り返りはしなかった。武の手は器用に動き、まな板の上で食材を切り始めていた。

　そのまま、腕を彼の身体に回し、武の背中に胸を押し付け、抱き締めた。武の身体は薄く軽いが、温かい。エプロンの上から、武の身体の形を探った。腹筋は割れているという感じはしない。平坦だ。

　武の尖った肩に、ちょうど俺の顎が乗った。武の癖のある猫っ毛はふわふわとしていて、首筋に鼻を擦り付けると、ほのかにシャンプーの匂いがする。

「こら、くすぐったいですよ」

　武は笑うように言った。悪戯を注意された子どもになった気分だった。

　武が俺のことをどんなふうに思っているのかなんて、聞かなくたってわかる。簡単なことだ。子どもだとしか思っていない。武の生徒たちと同じ、甘えん坊でワガママな、子どもだ。

　こんなに身体を密着させてもなんてことはないし、俺を怒ったり突き放したりしないんだろう。子どもとさして変わらない存在なら、それも仕方のないことだ。

俺は武の胸に掌を当てた。とく、とく、と穏やかな心臓の脈動を感じる。どうして武の心臓は、俺のように早くうるさく鳴らないのだろう。そのことが、悲しかった。

俺の世界は武によって変えられていく、俺自身もだ。

武の世界は、どうだろうか。

3

『うちの子の様子はどうだい、武先生。迷惑をかけているんじゃないかと思ってね』

ある日電話をくれた椎名はそう言って、「電話をするように川久保に言いつけられたんだ」と付け足した。椎名の背後から、川久保の低い声が「余計なことを言うな」と言ったのが聞こえた。

「いいえ、大丈夫ですよ。慎吾さんは良い子ですから」

僕が答えると、椎名はしばし黙ったあと、小さく「良い子ねぇ」と唸った。妙な間に、僕は冷や汗をかいた。椎名や川久保と話をするのは、なぜだか酷く緊張した。

慎吾は、僕がなにか話しかけると、いつも決まって大きな灰茶色の目で僕を睨んだ。

最初は、派手な世界で生きる若い彼との接し方をどうすべきかと思ったが、慎吾の不機嫌そうな態度や容赦ない物言いは、なんだか思春期の男の子の様子に似ているとふと気づいた。僕の教え子たちももう何年かすると、あんなふうに素っ気ない態度を取って見せたりするのかもしれない。なんだかそれは寂しいようで、愛(いと)おしい。

きっと若い彼には、僕の話などつまらないだろう。必要以上に彼に構うことはしなかったが、図々しく食事時に姿を現し、目つきだけで食事を請(こ)う彼の姿を、僕は可愛いと感じるようになった。僕が時々堪(こら)えきれなかった笑いを漏らすと、慎吾は耳ざとくそれを聞きつけ、目を三角に吊り上げた。根は素直で、ただ照れ屋なのだと思った。

他愛のない話はいくつかした。だいたい意味のない内容ばかりだったが、時折不機嫌そうに細い眉根を寄せた慎吾が、僕に対するいら立ちをぶつけてくることがあった。僕は彼を宥めること以外にできることはなかった。

もっと作品を作って、外に出せばいいのに。今まで散々、奈々緒に言われていたことと同じことを、おそらくは慎吾も思ってくれているのだろう。僕は心の中だけで、ありがとう、ごめんなさい、と呟いた。

僕がＣＤジャケット用の絵を描き上げたとき、そばには慎吾がいた。僕の椅子の斜め後ろあたりで、細長い手足を折りたたんで小さくなり、床に座っていた。

宣言した通り、僕は夜空に瞬く無数の星の絵を描いた。PERFECT SPRINGのステージから、慎吾が降らせた星だ。それが忘れられなかった。

空は赤紫と緑、そして深い青で優しく染めた。星の色に、黄色や白は使わなかった。青や黄緑やピンクがふさわしいと思った。慎吾の歌声は瑞々しく輝いていた。それを表現するのにありきたりな色ではもの足りなかった。

筆を置き、出来上がったと一言言うと、慎吾は不機嫌そうな表情のまま、大きな目だけを輝かせて喜んだ。

「時間をもらっていいかな」

「時間？」

「……じっくり見たいから」

そう言って、慎吾はキャンバスの前に座り、微動だにせず、視線を絵から離すこともしないまま、ただただ一時間を過ごした。

僕が二階でコーヒーを淹れ、一階のアトリエに持って行ったとき、慎吾はキャンバスを凝視したまま、ろくに瞬きもせずに静かに涙を零していた。一重瞼の大きな目から溢れた粒は、真珠かなにかの宝石のように見えた。

なぜ、泣くのだろう。そして慎吾の涙を見て、僕も泣きたくなった。それは悲しみではなく、確かな喜びのために湧き上がるものだった。彼らのために絵を描いて良かったと、心底思った。

あの雨の夜、慎吾が僕のところまで来なければ、僕はLiolineの絵を描くことはなかった。そしてあの日、子どもたちの前で慎吾が歌わなければ、僕はきっと動かされなかっただろう。

慎吾の透き通る歌声を間近で聞いて、子どもたちのクレヨンの先は画用紙に触れた瞬間、輝きを増し、その笑顔はいつになく楽しげだった。

そして、慎吾は知らない。あのとき僕にしがみ付いていた引っ込み思案の女の子は、今まで一度も絵を描いてくれなかったこと。あの日以来、彼女が少しずつ絵を描き始め、周囲と溶け込み始めたことを。

まるで優しい魔法をかけたような、その声が好きだ。その歌声が好きだ。普段はツンとした態度ばかりの彼の、本当の姿を現すように、ピュアで涼しげな声色。そしてそこに混じり合う、一生懸命に生きる彼の、痛々しさが胸を抉る。

なぜ、描くことを決めたのか。慎吾は一度その疑問を口にした。

あなたのその声に、求められたからだ。そう伝えることはできなかった。今でもそれは、上手く言葉になりそうもない。

絵が完成した翌日にはLiolineの事務所と連絡を取り、夕方に慎吾の案内で事務所へと足を運んだ。絵を渡すと、事務所はすぐにOKを出してくれたし、椎名もあれこれと賛辞の文言を並べて大げさなくらい褒めてくれた。川久保はなにも言わなかったが、特に文句はないということなのだろう。

妙にすっきりとした気分なのは、今回の絵が納得のいく出来だったからだろう。Liolineの音楽が、僕に良い絵を描かせてくれたのだと思った。

絵は奈々緒のいる会社に運ばれ、ジャケットの形になるそうだ。僕の仕事はこれで終わりだ。できることはもうない。

倉庫の作品を全部見ると言った慎吾が、この先いつまで僕の家に出入りするのかはわからないが、じきに来なくなるのだろうと思うと、どこか寂しい気もした。長い間教室に来ていた生徒が卒業していくときのような、そんな気持ちに少し似ている。

関係者に挨拶を済ませ、事務所を出ようとしたとき、満面の笑みを浮かべた椎名に捕まった。

「さて、じゃあ、飲みに行こうか！」

椎名は大きな声でそう言って、川久保、慎吾、そして僕を強引に事務所の外に連れ出した。有無を言わさず、椎名は自分のお気に入りだという店に僕たちを案内した。僕からすれば、門構えだけで遠慮してしまうような高級天ぷらの店だ。椎名は店主と顔馴染みらしく「奥に入るよ」と軽く挨拶を済ませるだけで、僕たちは座敷の個室に入ることができた。

「武先生、素晴らしい絵をありがとう。そして、お疲れ様でした。はい、乾杯！」

上機嫌な椎名の掛け声に、四人はグラスをぶつけ、僕は久しぶりにあまり得意ではない酒を口にした。


学生時代、作品を正当に評価されたことはなかった。少なくとも僕はそう感じていた。

高校の美術教師、予備校の講師、そして美術大学の教授たち。僕の父が有名な建築デザイナーであることは、周知の事実だった。仕方のないことだと今はわかっている。僕は手厚く贔屓を受けた。ものを作ることをやめなかったのは、いつか誰かが純粋に僕の作品を評価する日が来ると信じていたからだった。

中学生で初めて大きな賞を獲ったとき、地域紙に「建築デザイナー武氏の息子が最優秀賞、将来に期待」と書かれているのを見た。その瞬間、僕の中でなにかが音を立てて崩れてしまった。

僕はトロフィーや盾、賞状をいくつも持っているが、それらは実家の倉庫の中で眠っている。部屋に飾ったことは一度もなく、両親に見せることも稀だった。成績表はあてにならない。どんなコンペティションやコンテストで受賞しても、どこでなにがねじ曲がっていたかもわからなかった。

大学に入ると、周囲からは妬(ねた)みの視線を感じた。自然と行動はひとりでとった。明るく社交的な性格の弟は、親の肩書すら上手に利用するタイプだったが、僕にはそれができなかった。

大学一年の夏、狭く浅い付き合いの中で、僕にもひとり親友と呼べる友人ができた。東北出身の、同い年の青年だった。補欠の繰り上げ入学だった彼は、勉強は不得意だったし、実家は裕福ではないらしかった。課題の提出期限はほとんど守らず、生活が苦しいらしくバイトばかりで、講義に遅れて来ることもしばしばあった。身なりは決して綺麗とはいえない。それでも振る舞いはおちゃらけていて明るい。なにかと注目される存在だった。

そして彼には抜群(ばつぐん)に才能があった。僕にはそう見えた。

彼の作り出す作品に、秩序(ちつじょ)と理性はなかった。持っている感情をすべて、キャンバスにぶつける。ありったけの生命や今生きているという瞬間を、刻(きざ)み込み叩きつける。自分で自分の作品をコントロールできていないせいで、いつも滅茶苦茶(めちゃくちゃ)な作品が出来上がる。それでも僕はそこに渦巻き、ぶつかり合う悲しみや焦りが、手に取るようにわかった。笑顔の裏に隠された、嵐のような生きざまが、キャンバスにそのまま投影(とうえい)されているのだ。

憧れた。自分とは正反対の絵描きだと思った。静かに生きてきた僕には、彼こそが芸術家らしく、そしてそうあるべき姿であるように見えた。評価を受けるべきは自分ではない。彼だと。

声をかけてきたのは、彼のほうからだった。

「武くん。俺はあんたの絵が好きだよ、色が綺麗でさ……」

彼はきらきらと目を輝かせてそう言った。その言葉に嘘はなかった。嬉しかった。僕は拙(つたな)い言葉で、自分も彼の作品が好きであることを伝えた。初めて好きな女の子に告白をしたときよりも緊張したのを覚えている。

彼とは同じ絵画科で、選択する授業はほとんど同じだった。親しくなるのにそう時間はかからなかった。彼はよく僕のアトリエに泊まりに来ては、僕の手料理を食べて眠った。一緒にテスト勉強をし、課題をこなし、悩みを打ち明け合い、絵について熱く議論した。喧嘩をすることもあったが、なぜかいつも先に謝るのは彼のほうだった。

僕は彼と一緒に過ごす間に、大学時代の作品の半分以上を作った。彼の才能に感化されて突き動かされるのがわかった。くさくさしていた過去の自分が嘘のように絵が描けた。きっと彼も、僕と同じ気持ちを抱いてくれている。そのときはそう思っていた。

大学二年の終わりだった。

彼は、当時改装中だった僕のアトリエの中央で自分の首を切った。血を流し蹲った彼を僕が見つけたとき、彼は普段鉛筆を削るのに使っているカッターをきつく握っていた。部屋は濃厚な血の匂いで充満し、床には血溜まりができていた。

彼は病院に運ばれ、二週間、生死の境を彷徨った。一命を取りとめたが、その自殺未遂の行為にはまるで前触れがなく、唐突だったように思えた。そして入院中、彼は一度も僕と会ってくれなかった。前日まで、普段と変わりなく笑い合っていたのが夢のようだった。

彼はそのまま大学を自主退学し、田舎に帰って行った。電話は一度だけ繋がった。

『長らくそばにいて、やっとわかった。俺は君のような絵を描けない。おそらくだけど、一生だろう。魂を削りながら、血反吐を吐きながら絵を描いていると、隣にいる君の絵が眩しい。俺は、本当は君みたいな絵が描きたかったんだ。でもそれができない』

彼は声を震わせてそう言い、通話を切った。彼がなにを言っているのか理解できなかった。以降、僕に彼と連絡を取り合う手段はなかった。

胸にぽっかりと穴があいた。僕の家に図々しく押し入ってくる友人はもういない。僕は誰かに手料理を振る舞うことも、なんでもない話をすることもできなくなった。筆を持つ手に力が入らず、絵を描くことが急に億劫になった。

彼は帰って来ない。僕の隣にも、絵の世界にも。

僕は寂しさと虚しさの淵で、アトリエの汚れた床に座り込み、しばらく呆然としていた。彼の血で汚れた床は張り替えが必要だろう。その赤黒いシミをぼんやりと見つめたあと、ふいに部屋中に乱雑に立てかけられて並んだ自分の絵を見た。そのとき、初めて自分の絵というものを客観的に見た気がした。

自分の描いた絵は、彼のものと比べればなんでもない絵だとばかり思っていた。けれど違う。僕が羨む才能を持った友人が、芸術の道から足を踏み外すだけの、絶望的ななにかがこの絵にはあるのだ。

僕はそれを危険だと感じた。

世に出してはいけないと思った。深く暗い場所にしまってしまわなければいけないと思ったのだ。素晴らしい才能を持った大切な友人をひとり、失う力を持った、忌まわしい絵だ。

僕は絵を三階の倉庫に押し込んだ。音のない、僕以外誰もいない静かなアトリエの、暗い倉庫の鍵を閉めたとき、僕は彼を失って初めてその場に崩れて泣いた。

彼の才能は本物だったはずだ。僕と違って情熱もある。僕の絵がなければ、彼はきっと自分の道を見失うことなく、良いアーティストになったはずだ。

――密(ひそ)やかに生きよう。誰にも気づかれず、見つからないように、そっと、静かに暮らすんだ。そうでなければ、きっと僕はまた誰かを傷つける。

なのに、僕は筆を置けない。絵を描くことが、好きだからだ。呼吸をするのと同じように、当たり前にしていたことだからだ。絵を描かない生き方を、僕は知らない。

終電間際(まぎわ)に店を出たとき、僕の足取りは危(あや)うく、慎吾に肩を借りなければ歩けないほど酔いが回っていた。頭がぼうっとして、頬が熱い。気を抜いたら膝から崩れてしまいそうだった。

テーブルに並べられたのは、外食自体が稀な僕には上等な食事と、上等な酒の数々だった。酒はほどほどにしたつもりだったが、このありさまだ。逆にとんでもないスピードで流し込んでいたはずの椎名と川久保はぴんぴんしている。

そして僕の身体を支える慎吾も酒に強いらしい。呆れ口調で「大丈夫?」と声をかけられたが、もはや耳に遠かった。

「すみません、僕、お酒弱いんでした……」

「いや、別にいいよ。椎名が悪いんだ、飲ますから……」

慎吾はため息を吐きながらも、よろけた僕の肩をぐっと抱き寄せてくれた。

「慎吾！　俺は川久保ともう一軒行くけど、先生はこの調子じゃあ、もう駄目だろう。送って行くよね？」

椎名はそう言って、赤くなった僕の額をつんつんと突つき、頬を抓ってくる。

「馬鹿、よせ。ちゃんと送るから、ほら、もうあっち行けよ」

「はいはい」

椎名が「またね！」と大きく手を振るのを、川久保が小突いてやめさせる。ここは渋谷の大通りだ。道行く人たちがちらちらと視線を投げてきている。

僕が手を振り返すと、すぐに慎吾に引っ張られ、タクシーの後部座席に押し込まれた。隣に慎吾が座り、行き先を告げるとタクシーは走り出した。

四人での飲み会は楽しかった。僕はぼんやりと窓の外の流れる風景を眺めながら、さっきまでのことを頭の中で反芻した。椎名はお喋りが上手くて、酸欠になりそうなほど笑わせてもらった。そこに口を挟む川久保の言葉選びがまた絶妙で、漫才を見ている気分だった。

慎吾はあまり喋らなかったが、椎名のお喋りが下ネタや女性の話題になると、キッと目を三角に吊り上げて「そういう話はすんな！」と怒った。そういう話題に疎い僕を気遣ったのかもしれない。優しいな、と思った。

椎名、川久保、そして慎吾。三人とも才気に溢れ、気取らず、いい男たちだ。こんなに気さくな男たちが、あの素晴らしいステージを生み出す。Liolineのために絵を描いたことを、後悔したら失礼だ。僕はそう自分に言い聞かせた。

タクシーの車内は無言だった。顔の大きさに見合わない慎吾の大きな一重瞼の目は、車外のネオンの光を反射してきらきらと輝いていた。細くて手足が長いせいで、宇宙人みたいだと僕は少しだけ失礼なことを考えた。それがおかしくて、思わず笑うと、慎吾は僕を睨む。

「なんで今、笑ったんだよ」

「……いえ、なんでも」

半笑いではぐらかすと、慎吾は厚めの唇を尖らせた。拗ねた姿も、今の僕にはおかしかった。慎吾のこういう仕草に、心地の良い歳の差を感じるのだ。可愛くて仕方がなかった。

タクシーが家の目の前まで着くと、支払いは慎吾が済ませてしまった。僕も財布を出しかけたが、「酔っぱらいは、さっさと車から降りろ」と押しのけられる。

「すみません……」

「しつこい」

慎吾は突き放すようなことを言ったが、僕の腕を取って引いてくれた。引きずられるようにして、ようやっと自宅の二階にある住居スペースに戻った。一度狭い廊下に座り込んでしまったが、腕を引っ張られ無理矢理に立たされると、頭の中がぐらりと揺れる。

「ほら、立ってくれよ、先生。ベッド行くぞ」

「はい……」

肩を担がれた状態で、初めて至近距離から慎吾の白く滑らかな頬を見た。その頬は透き通るようにどこまでも白く見えた。若くて美しいと、歪む視界の中でも思う。

慎吾の少し傷んだ金髪が、僕の耳のあたりをくすぐる。男なのに、いい匂いがした。香水の匂いだ。彼は二十三歳の年頃の青年で、そして芸能人だったと思い出した。僕は香水をつけたことがない。

「ほら、ぼーっとすんなよ」

僕の身体を支える慎吾の掌が、腰に回った。ぐっと引き寄せられて凭れかかると、思いのほかその腕は力強く、身長もわずかに僕が高いだけでそれほど変わらないのだと知った。まだ少年だと思っていたが、肩に摑まると、男の筋肉の弾力が返ってくる。それが少し意外だった。

寝室に入り、ベッドに仰向けに倒れた。慎吾を見上げたら、「ふは」と笑いが漏れてしまった。

慎吾は相変わらず不機嫌そうな顔で、僕を見下ろしていた。酔っ払いに呆れているのだ。夜が明けて酔いが醒めたら、きちんと謝って、慎吾の好きな食事を作ってあげようと思った。

「先生、へらへらしてる。そんなツラ、初めて見たよ」

「はい。僕、今とっても幸せです」

僕が言うと、慎吾は少しだけ笑った。慎吾が笑うと、僕は嬉しかった。

「普段いただけないような、美味しい食事をたくさん食べて、お腹いっぱいです。お酒も、詳しくないのが残念ですが、きっとすごくいいものだったんでしょうね」

「そうだな」

仰向けのまま、天井を見上げ、大きく息を吐いた。額に手の甲を当てると、高熱でも出たみたいに顔が火照っている。身体中もだ。ぽかぽかしていて、なんだか無意味におかしくなった。そうか、僕は酔うと気分が良くなるタイプらしい。

「それに、みなさんお喋りが上手で、僕はとっても楽しかった。あんなに声を出して笑ったのは、久しぶりです。僕はとても幸せだった」

「……」

慎吾はなにも言わないまま、ベッドの上に片膝をつき、乗り上げてくる。二人の体重に、スプリングはぎしりと重たく軋んだ。慎吾の細長い指の綺麗な手が、僕の顔のすぐ横に体重をかける。僕の顔を覗き込んできた慎吾の目は、きらきらと輝いていた。星を集めたみたいだ。

「僕、今とっても幸せです。でも、これっきりにしてくださいね……」

そう言ったら、どうしてか涙が出た。慎吾が目を見開き、顔を強張らせる。彼を困らせたくはなかったが、どうしても涙の粒は目尻から零れ、こめかみを伝って流れていく。

慎吾の冷たい指が僕の頬に触れた。指の腹が僕の濡れたこめかみを拭う。

「なに、言ってんだ、……先生」

慎吾の声が震える。細い眉根が寄る。灰茶色の瞳が、火の粉を散らす。星が燃えていると、アルコールの回った頭でそんなことを思った。

「……ちゃんと、いい絵が描けたから、僕はこれで満足です」

最後に、彼らのために絵を描けたことが嬉しかった。きちんと納得のいくものが描けた。今、

こうしてこんなにも幸せな気分なのだ。これ以上のことはない。いい思い出ができた。これで僕はまた、お絵かき教室の先生に戻れる。

「ありがとう、慎吾さん。僕のところまで、来てくれて……」

「…………っ」

慎吾が小さく舌打ちをし、唇を噛んだ。火の粉を散らす目が僕を睨む。毛を逆立てた獣のようだった。

「――逃がさねぇよ、先生……」

くしゃりと、慎吾は端正な顔を歪めてそう言った。低く、腹の底から押し出された声に、僕の身体は痺れた。どんなふうに、どんなことを言ったって、慎吾の声は美しく僕の頭の中に響く。

ベッドが揺れ、慎吾の身体が覆い被さって来るのがわかった。けれど、わかっただけだ。その先を想像する力がもう僕にはない。思考はとろりと溶けていき、視界は霞がかっていく。眠りの闇がすぐそこまで来ている。

ゆっくりと慎吾の顔が近づいてくる、熱い吐息が僕の睫毛にかかった。

「…………っ」

慎吾の、一瞬躊躇うような素振りを見た。そして厚めの唇が、僕の唇に触れる。

「……ふ、……っ」

そっと音もなく、唇同士はぎゅっと隙間なく重ねられる。――これはなんだ？　キス？　たぶん、そう。でも、なぜ？

「先生……」

唇を触れ合わせたまま、きんと冷えた声が脳天に響く。震えている、唇も、声も。慎吾のキスは、唇を舐めるでも吸うでもない、ただ、合わせるだけのものだった。

ベッドの上に投げ出された指先に、わずかに違和感がある。重たい腕だ。絵を描いているときの、あの羽のような軽さとは別物だと感じた。その鉛の腕を持ち上げ、慎吾の胸を押すが、その身体は動かない。慎吾の下から逃げようと身体を捩ったが、肩を押さえつけられた。ぞっとした。大人の力だ。子どもじゃない。

「ん、……はっ」

なんとか顔を逸らしてキスから逃れた。彼の服を摑んだせいで、裾が捲れ上がっていた。シャツの下には、綺麗に割れた筋張った腹筋が隠されていた。驚いて、慎吾の顔を見る。あまりにも距離が近くぼやけているが、不機嫌な彼の表情を、今初めて怖いと思った。

心臓が、ドッと鳴る。慎吾が、僕の知っている慎吾じゃないような気がした。

服の上から、慎吾の掌が僕の胸に触れ、弄る。着ているシャツの裾を捲られて、肌を露出させられた。抵抗すると、手首をきつく摑まれた。身体に力を入れるたび、ぐらんと脳みそが揺れる。

「はは、先生。今、あんた、初めて俺を拒絶してる」

そう言った慎吾は、乾いた笑いを漏らした。

「わかるか？　あんた、やっと俺を、男として認識したんだよ。身体を固くして、力を込めて俺を拒んでる」

僕の身体に覆い被さったまま、彼は言う。その目がきらきらと輝いている理由がわかった。分厚い涙の膜（まく）が、慎吾の眼球（がんきゅう）を覆っているからだ。

「武先生、あんたが好きだ……」

慎吾は絞り出すようにそう言って、下瞼にたっぷりと溜まった涙の一粒を僕の頬の上に落とした。完成した絵を目の前に零した宝石の涙とは、また違う種類の涙だった。

「早く、こんなふうに拒絶されたかったんだ、俺は……」

そうつぶやいた慎吾の声だけが響いていた。僕はもう瞼を上げている気力もない。

慎吾の言った言葉の意味が、僕の頭ではもう繋がらなかった。心臓の音がうるさく、熱く重たい身体は言うことを聞かない。

「あ……っ」

最後に見たのは、服を捲り上げられた僕の腹の上に、慎吾が唇を押し付けるところだ。皮膚の上を、慎吾の金髪がくすぐる。

「……あかん……っ」

そんな、酷く頼りない声を出したような気がするが、意識はもう生温（なまぬる）い闇に沈んでいた。

目が覚めたのは朝の六時、普段起きる時刻ときっかり同じだ。けれど僕は、いつものようにすっとベッドから出ることはできなかった。しばし呆然とした。

昨夜の記憶はある。押し付けられた慎吾の柔らかな唇の感触が、今もまだ唇にこびりついているような気がした。好きだと言われたことも、聞き間違いにしてははっきりと耳に残っている。

家の中に慎吾の気配はなかった。今会ってもなにを言えばいいのかわからないが、いなければ、それはそれで胸の中にわだかまりが残った。

習慣のジョギングは決行したが、いつも通りには走れない。二日酔いの気だるさを身体に残したままの足取りでは、昨夜の出来事を振り切るのは難しかった。

――好きだ。と彼は言った。恋愛感情のそれだろう。あの状況下ではいくら鈍(にぶ)いと言われる僕にもそれはわかった。三十一年間、男に好きと言われたことは一度もなく、同性愛について深く考えたこともなかった。自分の生きている世界の外の出来事だとばかり思っていて、まるで現実味がない。そして同性とあんなふうに唇を交わすのも当然初めてのことだ。

なにをどう考えるべきなのかもわからない。キスに関しては、僕も生娘(きむすめ)ではない。責める気もなかったし、慎吾の姿形が美しいぶん、取り立てて嫌悪感があったわけでもなかったが、もしかしたらきちんと咎(とが)めるべきだったのかもしれない。

ジョギングから戻り、風呂場の脱衣所でTシャツを脱いだそのとき、鏡(かがみ)に映った自分の姿に違和感があるのに気付いた。

ヘソの周りに三つ、赤い斑点(はんてん)ができている。最初こそ、虫刺されかなにかかと思ったが、しばしそれを見つめていると、昨夜の慎吾が僕の腹にキスをした映像が蘇った。

「…………」

そっと腹につけられたキスマークを撫でると、ぼうっと頬が熱くなった。やはり、一度叱ろう。こういうことは、しちゃいけない。

昨夜の慎吾は酔った僕の面倒を見てくれた。寄り掛かった身体は思いのほか逞しかったし、その腕や力に、安心して自分の身を預けられた。それから、薄闇で見ただけだが、腹筋が綺麗に割れていた。僕は自分の平たい貧相な腹が少し恥ずかしくなった。

そのあと慎吾は、僕に拒絶されたかったと言った。

僕は慎吾をLioline のボーカリストとして尊敬する気持ちを忘れたことはない。それでも僕にとって、慎吾はどうしても〝少年〟だった。

僕は人見知りだ。だから椎名や川久保と話すときは酷く緊張した。それでも慎吾と過ごす時間が苦痛でなかったのは、彼が少年だったからだ。あるいは、そう思うことで、どこか無遠慮に踏み込んでくる彼を、受け入れようとしていたのかもしれない。

シャワーを浴びたあと、ソファーに座ったが、ついぼんやりしてしまう。昨夜のことについて、慎吾とは話をしなければいけない気がしたが、どうすればいいかわからなかった。結局、僕は慎吾のほうから動くのを待つことしかできないのだと気付いて悲しくなった。

自分はいつも待ってばかりだ。PERFECT SPRING の絵を描いたのは奈々緒のためで、Lioline の絵を描いたのは慎吾の声に感動したからだ。いつも僕は、僕のためには動けないのだ。

その日、すべての授業を終えた頃にはくたくたになっていた。慎吾からの連絡はない。彼は今頃どこで、なにをして、そして僕のことをどんなふうに思っているのだろう。そんなことを考え

ながらも、せめていつも通りの生活をしようと、就寝前にパソコンを立ち上げた。いつもはすらすらと書ける授業の記録に、今日は普段の倍の時間をかけてしまった。

メールボックスを開くと、いくつか仕事の依頼のメールが新たに入って来ていた。内容を見ないままスクロールだけしていく手が、ふと止まった。件名に『先日はありがとうございました』と書かれているメールが一通ある。覚えのない出版社名と、担当者名も一緒に記載されている。怪訝に思ったが、そのメールを開いた。

「……え？」

ディスプレイに映し出されたメールの内容は簡潔だった。挨拶に続き、電話で仕事の依頼を承諾したことに対する感謝の意が記されている。しかし、僕はこの出版社との電話や、仕事の依頼に覚えがない。当然仕事を受けてなどいない。続けて、資料を送付し、また電話をする、との旨、最後の挨拶が丁寧な文面で綴られている。

なぜ？

次の瞬間、思い浮かんだのは慎吾の顔だった。

僕以外にこの家の電話を取ることがあるとすれば、慎吾しかいない。まさか彼が勝手に承諾したのだろうか？　まさかな、と思いはしたが、どちらにせよなにか知っていることがあるかもしれない。

昨日の今日だけに躊躇いはあったが、僕は慎吾のケータイに電話をかけた。だが、数コールで留守録に切り替わる。仕事中かもしれないが、彼が意図的に出ない可能性もなきにしもあらずだ。

次に椎名に電話をかけた。呼び出し音が鳴り始めてすぐに繋がった。明るい声が『ハーイ、先生』と受話器越しに弾けた。

「武です。遅くに申し訳ありません。昨晩はお世話になりました。すみません、慎吾さんは、今そちらに？」

『アハハ！　武先生、随分と早口だ。らしくない』

椎名は軽快(けいかい)な口調で僕を揶揄(やゆ)してから、『俺は今自宅だ、慎吾はいないよ』と言った。

「そうですか、すみません。では、失礼しま……」

『おっと、ストップ、まだ切らないで。昨夜は慎吾と一緒だったろう？　確かに慎吾はここにはいないけど、武先生、あなたになにが起こったのか、当ててみようか？』

「勘弁(かんべん)してください……、椎名さん……」

どうやら、椎名はなにもかもを知っているようだ。僕が重いため息とともに言えば、彼はやはり軽快に笑った。

『災難(さいなん)だったね、武先生。今日一日、気が気じゃなかっただろう。昨夜、慎吾は君を送って行ったあと、すぐに俺のところに来たよ。パニック状態で洗いざらいぜんぶ喋った。君のことが好きで、君の絵も好きだと。――ああ、それから、先生が聞きたいのはこっちかな』

「……彼が勝手に仕事の依頼を受けたこと、ご存じなんですね」

『そうだそうだ。数日前、きみの授業中に電話があったそうだ。生徒やその親御さんから電話がかかって来ることがあるだろう？　それだと思って出たところ、仕事の電話だったらしい。話を聞けば、条件がいいのでつい、武先生のふりをして仕事を受けてしまった、と。なかなか言い出すタイミングがなかったみたいだ』

僕は電話の子機を耳に当てたまま、ずるずるとその場にしゃがみ込んだ。

「椎名さん、……なぜ、慎吾さんは、そんなことを。僕に一言もなく……」

『無粋だね。先生のことが好きだからだろう？』

椎名はあっけらかんと言う。僕には彼の言葉の意味がわからない。自分やその絵に慎吾が好意を持っているということに関しては、まだ理解の及ぶ範疇だ。だがなぜそれが、了解も得ずに仕事を受けることに繋がるというのだ。

「……好きだからといえ、それとこれとは、話が違いませんか」

『そうかい？』

「……っそうでしょう！」

ついむきになると、受話器越しに椎名の高らかな笑い声が響き、その陽気な声に僕は脱力した。同時に、珍しく声を荒げてしまったことに頭を抱えた。

「……っ、すみません、大きな声を出してしまって……」

『いいや、構わないよ』

奈々緒は断られるのをわかっていて、仕事の話を何度も持ちかけてきた。慎吾も、彼女と同じように僕に絵を描かせたがっていたのを知っている。それでも、こんなやり方はあんまりだ。

「椎名さん、どうしてなんでしょうか……？」

『うん？』

「どうして、僕は放って置いてもらえないんでしょうか……」

穏やかに先生として過ごしていきたい。僕の願いはそれだけだ。椎名は、僕のその問いに一瞬だけ口を噤んだ。けれど、ふっと余裕の笑いを漏らす。

『武先生。才能とは誰も放って置いてはくれないものだ。川久保が俺を放って置かず、俺が慎吾を放って置かなかったように。この先もきっと、奈々緒さんや慎吾、多くのクライアントが、あなたを見つけ、放って置かないだろう』

「……そんな」

『あなたの望む望まないにかかわらず、それは自分だけの秘密にしておくにはあまりにも大きい。身体中から溢れ出て、抑(おさ)えのきかないものだから。本当に隠し通したいのなら、きっぱりとやめなければいけない、絵を描くという行為そのものや、それに関わるすべてのことを』

絵や芸術に関わるのをやめる。それは僕にとって死ぬことに近しい意味を持つことだ。きっと椎名にとっては、歌うのをやめることと等しいことだろう。

椎名や慎吾は、突き進むことを選んだのだ。僕はそれを選べなかった。脳裏にちらつくのは、才気に溢れた友人の顔だった。僕は唇を噛む。

『……おっと。先生、ちょうどいい時間だ、テレビをつけてみてくれ』

「え……？」

『いいからほら、早く』

ふいに急かされ、言われるままに電源を入れたテレビ画面に、慎吾の姿が映ってぎょっとした。

ニュース番組のエンターテイメントコーナーで、Liolineが取り上げられていた。

『先生、慎吾の声をよく聞いてあげてくれ』

声を潜め、椎名はそう言った。

女子アナの陽気な声で彼らの紹介がなされ、最近出演したという音楽番組での映像が流れ始める。カメラは、中央で歌う椎名の甘いマスクをメインに映し出すが、その奥にいる慎吾のコーラスを、僕の耳は椎名に指示されずとも追っていた。

きんと高く澄んで、あの夜の空に星を降らせた慎吾の歌声。今聞こえる歌声は間違いなく慎吾のものなのに、その声が生み出す流星群は、今、眩しいほどに量と輝きを増している——。

「え……？」

画面を凝視したまま、思わず声が漏れた。

テレビから流れ出る慎吾の歌声は、僕の知っているものではなかった。あの日、痛いほどに胸を突き刺したはずの声が、今は温かくそっと、心臓のあたりを包み込む。細く壊れそうなガラス細工に触れるように、丁寧に。

『……武先生。慎吾の歌はここへ来て急激に進化を遂げている。俺が待ちわびていた素晴らしい進化だ。慎吾の声は最高だが、幼すぎていたし無遠慮だった。でもいつまでも坊やのままでは困る。Liolineのメンバーである限り……』

耳元で、椎名がそっと囁く。僕は息を呑み、身震いした。

歌う慎吾の表情はどこか苦しげにも見える。なのに、その声に彩りを感じた。包み込むパステルのピンク、透き通る涼やかな水色、柔らかく優しいオレンジ。柔かな声が耳に心地良い。なのに燃える情熱の赤と、若く力強い黄色い閃光が見え隠れするようで眩しい。

個性的で高い声が、ただ単純に歌うことでもたらす輝きでは、もはやない。技術では繕えない、豊かな感情が、彼の細く尖っていたはずの声を押し広げていく。誰かを想い、好きだと、愛を叫んでいるような感情が、テレビ越しでも伝わってくる。

彼は少年だと、なぜそんなふうに思っていたのだろう。僕は彼のなにを見ていたのだろうか。

『慎吾は変わっていく。武先生、あなたに恋をして』

「あ……」

『――ねぇ、先生？　あなたはどうだ？』

次の瞬間、僕は受話器を投げ出した。慌てて階段を駆け上り、三階の倉庫の扉を開けた。棚に綺麗に並べられたキャンバスを端から順番に引き抜いた。バタンバタンと音を立てて、キャンバスを次々に床に落としていく。

「はぁ、はぁ……」

息が切れていた。乱雑に広がったキャンバスを見下ろし、その場に立ち尽くした。

突き抜ける青、深い赤、瑞々しい緑、輝く黄色。どれもこれも、僕だけの色、僕だけの絵だ。学生時代からこつこつと数を重ねてきた作品たちは、今もこの薄暗い倉庫の中でひっそりと息づいている。それは決して悪いことじゃない。

けれど、Liolineのために描いた星の絵は、これらとなにも変わらないと気付いてしまった。タッチ、色使い、技法、癖。それだけじゃない、なにより絵に塗り込められる魂までも。

「……同じだ。なにも、変わらない……」

僕の絵はなにも変わっていなかった。歳をとっていないのだ。ひとりの友人を打ちのめし、自分の絵に絶望を覚えたあの日から、なにも成長していない。僕の絵は、傷つきやすく、繊細な二十歳の青年のままだ――。

慎吾は変わっていく。僕を、置き去りにして。

「僕は……っ！」

今度は慌てて二階に戻った。床に転がった子機を拾い上げ、「椎名さん」と呼べば、まだ通話は切れていなかった。騒がしい物音をずっと聞かれていたはずだ。椎名は僕を待ってくれていた。

『――さて、先生。あなたはどうしたい？』

椎名の甘い声色が、僕を試すようにそう言った。


下北沢の住宅街に辿り着いたのは、もう日付が変わろうとするころだった。

タクシーから降りると、見慣れない街並みに足が竦む。勢い勇んで出て来たはずだが、一歩踏み出すたびに、関節が錆びた音を立てるような気さえした。手には、椎名に聞いた慎吾のアパートの住所のメモを握っている。

腹につけた跡のことを叱って、勝手に仕事を受けたことを叱って。それから、あとはわからないけれど、とにかく早く慎吾に会わなければ、僕はこの胸のもやもやを解消できない気がした。我ながららしくないとは思う。それでもいてもたってもいられなかった。

慎吾の住むアパートを探すうち、暗い夜空からはしとしとと小雨が降り始めた。傘が必要なほどではなかったが、なんとなく心細い気持ちになった。慎吾が初めて僕の家を訪れた夜も雨が降っていた。慎吾もこんな気持ちだったかもしれない。あのときはもっと酷い土砂降りだったけれど。

慎吾のアパートは芸能人の住まいにしては古い建物だった。椎名は引っ越しを勧めているそうだが、同居人がいるせいか面倒くさがっているらしい。二〇一号室の玄関プレートには「フクオ」と書かれている。同居人の名前だそうだ。

ドアベルを押す指が躊躇した。同居人がいるだけに、この時間での訪問は非常識だ。そもそも慎吾がいるとも限らない。彼くらいの年頃なら、留守にしていてもおかしくない時間帯だ。慎吾のケータイの留守録には家を訪ねることを録音してきたが、聞いているかどうかも怪しい。

「…………」

引き返そうか、と弱気になったとき、ドアの向こうから物音が聞こえた。はっとして、意を決した。思い切ってドアベルを押すと、ドタドタと足音が聞こえて、すぐにドアが開いた。

「んだよ、慎吾、鍵かけてねーっつー……の……」

「あ……っ」

ドアを開けたのは慎吾ではなかった。茶髪の若い男が、訝しげに眉をひそめて僕をじっと見つめる。これから出かけるところだったのか、上着を羽織りかけだった。

「あの、フクオさん、ですか……？」

「そーだけど、あんた誰？」

「あ、あの。夜分にすみません、僕は武といいます。慎吾さんの……」

友達と言うのも違う気がして、「知り合いの」と続けた。

「……ああ、あんたが武先生？　慎吾に会いに来たの？」

フクオはそう言うと、僕の足の爪先から頭のてっぺんまでを舐めるように見た。スニーカー、ジーンズ、黒い長袖のカットソー。少しラフすぎたが、取り立てて変なところはないはずだ。

「へぇ。まぁ、入りなよ。慎吾なら今コンビニ。すぐ帰ってくると思うから」

「あ……」

にっこりと目を細めたフクオが、僕の二の腕を掴み、部屋の中へと引っ張った。靴を脱ぎ上がらせてもらうと、フクオの手は、二の腕から肘、手首までを滑るように触れてから離れていく。その手つきに少し違和感を覚えた。

部屋に入ると、妙な臭いが鼻をつく。キッチンが暗幕に覆われているのを見て、フクオが日頃から写真を撮っていることがわかった。現像液の臭いだ。

それから、居間に案内されてぎょっとした。部屋の壁一面にモノクロ写真が吊り下げられているが、男女問わず裸の写真ばかりだ。裸だけならまだしも、際どいものも多い。僕はなんだかいたたまれなくなって視線を落とした。座布団を勧められ、そこに正座した。

「フクオさん、すみません。出かけるところでしたよね」

「んん？　ああ、慎吾が帰って来たら出かけるよ。カメラマンのアシスタントしててさ、これから秋田に出張なんだ」

フクオはそう言いながら、僕が雨に降られていたのを気遣ってか、タオルを持って来てくれた。だが、タオルは手渡されず、ふわりとフクオの手によって頭にかけられる。すぐそばにしゃがみ込んだ彼の手が、タオル越しに僕の肩や頭に触れてきた。

「あ、あの……っ」

「ふ、先生ってば、濡れて、色っぽいね」

「え、ええ?」

「顔もまあかっこいいし、スタイルもいい。ちょっと痩せすぎかな、あと五キロくらい太って欲しいけど」

フクオはニコニコしたまま、感触を確かめるように僕の肩をぎゅっと掴んでくる。さすがに距離が近くて身体を離そうとすると、今度は手首を掴まれた。

「やだな先生、怖がらないでよ。俺、先生の写真撮りたいな。いいモデルだなって思って。先生みたいにお上品で小綺麗な感じの人って、俺のコレクションにはいないタイプだし」

「写真、ですか。でも、あの……」

視界の端には、裸の写真がずらりと並んでいる。思わず目を逸らした僕の顔を覗き込んで、フクオは笑った。

「いいね、その処女（しょじょ）っぽい反応」

そう耳に囁やかれ、ふっと吐息がかかる。肩を竦めた僕を、フクオは「かーわいい」と揶揄した。

「や、やめ」

現状を理解するよりも早く、そのまま体重をかけられ、仰向けに押し倒された。後頭部を床に打ち付け、思わずうっと呻（うめ）く。フクオは僕の腰の上に馬乗りになった。昨夜見た光景と似ているが、慎吾よりも無骨（ぶこつ）な手と、無遠慮な力にぞっとする。

満足に抵抗する間もなく、フクオは僕の服をたくし上げた。煌々（こうこう）とした蛍光灯（けいこうとう）の明かりの下、上半身を晒され、それを見下ろした彼はニヤニヤと笑っている。

「ちょ、ちょっと……っ！」

「あー、いいね、先生。俺の想像通りの腹してる。引き締まった腹筋がさ、表面化する手前がいいんだよ」

「言ってる意味が、僕には……っ！」

「なぁ、先生。これキスマークだろ、慎吾がやったんだ？　なんだ、あいつ、散々俺のこと言っておいて、自分も変態なんじゃねーか」

「……っ！」

彼の指が僕のヘソ周りの跡をつうっと撫でる。恥ずかしさに頬が熱くなった。

「はは、その反応、初心だなぁ。さすが金持ちのボンボン、お綺麗だわ、反吐が出る」

低い声に告げられ、彼の下から逃げようと身体が反射的に反応した。フクオの肩を突っぱね、身体を捩る。しかしフクオは顔色ひとつ変えない。腰を掴まれ、ずり上がったぶんを引きずり戻された。

「まあまあ、別にレイプしようってんじゃねーんだから、そう暴れんなって。近所迷惑だろ?」

片方の手で肩を押さえ込み、フクオは手近に置いてあったカメラを手に取った。ポラロイドだ。そのレンズが僕に向けられ、カシャッと音を立ててシャッターが下りた。

写真をカメラから抜き取ると、フクオはようやっと僕を解放した。とはいえ、馬乗りされたままだ。起き上がれない。

そのとき、玄関から物音がして、はっとする。

「慎吾、おかえり」

のん気なフクオの言葉に返事をしながら、慎吾が居間に現れた。本当にコンビニに行っていただけらしい、手にはビニール袋をぶら下げていた。目が合った瞬間、慎吾の顔からみるみる血の気が引いていくのが見えた。

「武先生……?」

そして、たっぷり五秒間硬直したのち、慎吾は怒りに形相を変えフクオに飛びかかった。

「てめぇ! なにしてる!」

「なーんもしてねーよ」

フクオを僕の上から引きずり降ろし、慎吾が間に入ってくれた。僕は慌てて身体を起こし、後ずさる。

「知ってるだろ、俺の金持ち嫌い。ちょっとからかっただけだって。——ほら」

フクオはそう言って、ついさっき撮ったばかりの写真を慎吾に手渡した。「なんだよ、これ」と慎吾が問えば、フクオは下卑(げび)た笑みを見せた。

「武先生の半裸、涙目のエロ写真。いい感じにハメ撮りレイプ感出てるぜ。ズリネタにしろよ」

「てめぇ、本当に殺すぞ……」

「はいはい、出張から帰ったらな。ほんじゃそろそろ迎(むか)えの車が来るから、行ってくらぁ」

フクオは荷物を肩にかけると、ひらひらと手を振り、あっさりと部屋を出て行ってしまった。玄関が閉まると、静かな雨の音だけになる。

「…………」

慎吾が無言のまま僕を振り返った。近づいてきた彼がすぐ隣にしゃがみ込む。僕は彼の目を見れなかった。緊張していた。目の前にいる慎吾は、その姿までもが僕の知っている慎吾ではないように見えたからだ。

「……はぁ。悪い、あの馬鹿が。ほんとに、なんもされてねぇか、先生」

「はい。あの、なにも……」

慎吾の手が伸びてきて、僕の背中にそっと触れ、慰(なぐさ)めるように撫でてくる。膝を抱えて小さくなると、慎吾が僕の肩を抱いた。

「あー、くそ、ごめん。先生、悪かった。本当に……」

抱き寄せられ、しつこいくらいにぐしゃぐしゃと頭を撫でられる。ため息交じりにそう言った慎吾が、抱きしめる手に力を込める。彼を叱りに来たはずなのに、そんなふうに謝られてしまうと、なにも言えなくなる。

「先生が来るって連絡くれたから、コンビニ行ってたんだ。飲みもんとかなかったし。フクオのやつ、すぐ出かけるって言ってたから安心してた。写真も片づけるつもりだったし。先生がここに来るの、もうちょっと時間かかると思ってて……」

慎吾の肩越しに、部屋の隅に投げ出されたビニール袋がふいに倒れたのが見えた。中身が床に散乱する。お茶や水のペットボトルと、——コンドームの箱だ。

「…………あ」

慎吾が目に見えて「やばい」という顔をした。その表情の意味を理解すると、背筋に冷たいものが走った。

「……し、信じられない。なに考えてるんですか」

問うと、慎吾はぐっと喉を詰まらせる。

「僕は、そういうつもりで来たわけじゃありません」

慎吾を押しのけ、立ち上がった。慌てて慎吾が追って来るが、さすがに頭に血が上っていた。話をする気になどなれない。

「なんも考えてねーよ、先生に絵描いてもらうことしか」

「か、帰ります」

「いや、つうか、下心あるのは仕方ねーだろ、好きだって言ったよ、俺は」

「開き直らないでください」

「やめろって、雨結構降り出してる」

玄関でスニーカーに足を突っ込んだところで、後ろから慎吾に腕を掴まれた。

「離してくださいっ」

「……逃がさねぇって言っただろ！」

ぐい、と腕を引かれて、ドアに身体を押し付けられた。バンッと大きな音を立てて、慎吾の手が僕の顔の横に打ちつけられる。

火の粉を散らす目と、低く吐き出された声に、怯まないわけじゃない。それでも僕は彼よりも八つも年上だ。気弱だとなめられてばかりじゃいられない。

「慎吾さん、あなた、自分がなにをしたか、わかっているんですか」

「はあ？」

「仕事のことです」

できるだけ厳しい声で言うと、慎吾はぎくりと頬を強張らせる。勝手なことをしたという自覚はあるらしい。

「それは、先生がグズグズしてるからだろう」

「〜〜っ僕のせいにするんですか！」

　僕が肩をいからせると、慎吾は「ああ、いや」と頭を抱えた。言い争いをしたいわけじゃないのだ、彼も。慎吾は僕の肩に額を押し付け、小さく「ごめん」と呟く。そうしおらしくされてしまえば、僕もいくらか冷静になった。

「……駄目なんです」

「どうして」

「怖いんです。外に出るのが、人の目に触れるのが……」

　だから絵は描いても三階の倉庫に隠して、外での仕事はしないようにしてきた。先生の仕事は性に合っていたし、あのアトリエにいれば、僕は誰も傷つけないで済むのだ。

「でも先生、今日あんたは、ここまで来てくれた」

「それは……。でも、すごく嫌な目に遭いました。ちょっと後悔してます」

「フクオのことは、ごめんって。あいつ変態だし、頭おかしいんだ」

　慎吾の腕が緩く僕の背中に回った。衣擦れの音に、恥ずかしさが込み上げる。少し前なら、甘えてくる慎吾の頭を優しく撫でてあげるくらいのことはできたはずだ。でも今のこれが慎吾の〝甘え〟ではないことを、知ってしまっている。僕を逃がさないためなんだろう。

「先生、正直に言うよ。あんたが俺に会いに来てくれるまで、俺からは行かないつもりだった。先生がその足で、あのアトリエを出て来てくれなきゃ、意味がない」

「…………」

「武先生、そんなに怖がらないで。もっと描けるだろ？　描いて欲しい」

瞬きの瞬間に、チカチカと十一年前の出来事がフラッシュバックする。改装途中のアトリエに、笑い声が二つ響くのを思い出すたび、鼻孔の奥に血の匂いが蘇るたび、絶望的な気持ちになった。瞼の裏が赤に染まると、眩暈さえ覚える。

慎吾の言っている言葉の意味はわかる。それでも――。

「駄目なんです……」

慎吾の腕を引き剝がした。

「慎吾さん、あなたの声は僕を奮い立たせてくれた。でも僕の絵は違う。僕の絵は、人の夢を打ちのめす絵です」

「今日来たのは、あなたをちゃんと叱らなきゃいけないと思ったからで……。だから――か、帰ります」

「え……？」

やっぱり僕に、外は似合わない。慎吾の腕を振りほどき、アパートの外へと逃げ出した。外はじっとりと空気が湿り、本格的に雨が降り出していたが、今は濡れるのも構っていられない。梅雨も終盤、初夏の雨は肌に触れると湯のように熱く感じた。

そうだ、僕は今夜、慎吾を叱りたかっただけだ。だからあのアトリエを出て、こんなところまでやって来た。

「………っ」

――でも本当は違う。そんな言い訳をしながら、僕も変われるような気がしてしまった。変わ

らなければいけない気がしてしまった。時が止まった二十歳のときの自分から、前に進まなければいけないと思ったのだ。

慎吾は変わっていく。少年から大人になっていく。きんと冷ややかな声にぬくもりが混じり、高く突き抜けるハイトーンは狂(くる)おしい恋に燃えて光る。

僕を好きだと言ってくれる人が変わっていくのに、僕だけが置いてきぼりだなんて。僕はそれを、ただ黙って見ているだけだなんて。

ずっとずっと、それでいいと思っていたのに。今になって、どうして――。

「武先生！」

ふいに後ろからかかる声に立ち止まった。振り返ると、ほんの十メートル足らずの距離に、追ってきた慎吾の姿があった。慎吾の灰茶色の目は僕のいる方角を見たのに、その目は僕を捉えなかったようだ。

「先生！　どこだ！」

「――っ」

僕は思わず両手で口を塞いだ。慎吾は僕が見えていない。確かに周囲は暗く、街灯の明かりは遠い。雨も降っている。でも、ほんの少しの距離なのに。

慎吾は周囲をきょろきょろと見渡した。眉根を寄せ、目を細め、唇を噛む。

「先生、俺は目が悪い！　なぁ、こんな雨の夜じゃ、なにも見えないんだ！　コンビニだって、懐中電灯照らして行ったんだ」

目が悪い——？　こんなに近くにいるのに、僕を見つけられないほど？　そう疑わないわけじゃない。それでも慎吾が冗談を言っているようには見えなかった。

立ち往生(おうじょう)している慎吾は、その場で地団駄(じだんだ)を踏む。僕が見えないなら、彼の周囲はきっと闇一色だ。一歩も先へ踏み出せない。

「なんで今日に限って、あんた暗い色の服を着てるんだ！　見えないんだよ、出てきてくれ！　もう遠くに行ったのか？」

パシャ、と僕の足元が音を立てる。後ずさったら、水溜まりを踏んでしまった。慎吾ははっと顔を上げ、やっと僕の方角を見た。

「先生……？」

その視線は、僕を見つけたらしい。だが、慎吾は僕の目や顔を見なかった。慎吾が見たのは、僕の膝のあたりだった。

「はは……」

おそらく、ほとんどなにも見えていない視界の中、慎吾が一歩を踏み出した。よろよろと上体を揺らしながらも、地面を踏みしめながら近づいてくる彼は、僕の膝を目印にしているようだ。

「先生の、黄色だ」

彼が言う。僕のジーンズの右膝には、黄色い絵の具汚れがあった。授業のときにも穿(は)いたジーンズだったかもしれない。しかしその黄色はごくごく小さなものだ。〝僕〟を見つけられない慎吾の視力で、見つけられる大きさじゃない。

「し、慎吾さん……」

どういうことなのか、尋ねる声は出なかった。慎吾は僕の目の前までやってくると、ようやっと僕を見上げた。雨に打たれた白い頬に、水滴(すいてき)が一筋流れた。

「先生、俺の目は、あんたの色がないと、あんたを見つけることすらできねぇんだ」

そう言った慎吾の声は震えて掠れていた。は、と短くため息を吐いて、彼はその場にしゃがみ込む。僕の右足にそっと触れ、小さな黄色い汚れに額をつけた。

「もっとあんたの絵を見たいと思ってなにがおかしい。もっとたくさんの人に見てもらいたいと思って、なにがおかしいんだ……」

びりびりと、慎吾の声に脊髄が痺れた。声を吹き込まれる右膝から、全身に電流が走る。眼球の裏が白く、チカチカと光った。

あのアトリエで静かに暮らして、誰にも見つからず、ひそやかに死んでいきたい。外になんか出なくていい。誰かを傷つけるくらいなら、置いてきぼりになったっていい。僕にはいつだって、たくさんの生徒たちがいる。

ずっとずっと、それでいいと思っていた。それが、今になって揺れるのは、慎吾の声が、そうやって僕の心を掴んで離さないからだ。慎吾が喋るたび、先生、と僕を呼ぶたび、小さなときめきを覚えずにはいられない。

「あんたを、好きになったって、仕方ないだろう……」

不機嫌で、無愛想(ぶあいそう)で、意地悪なくせに。それでも彼の声はどこまでもピュアに、痛いくらい僕

を貫き、胸を打つ。今僕らを濡らす雨の粒ひとつひとつが、慎吾の降らせる星のようだと思った。

その星は熱を孕み、僕の肩で音を立てて弾け、光る。

「これを〝運命〟と思って、なにが悪い……っ」

慎吾はほとんど呟くようにそう言った。若い彼が直視したその現実から、僕は逃げてばかりだったのだと知った。

――慎吾さん。

あなたは、僕にとっても〝運命〟だ。

慎吾の言った通りだ。僕はもう、逃げられない。

奈々緒が動かしたのは僕の〝情〟だった。けれど、慎吾の声は〝僕〟を突き動かしたのだ。

慎吾が星を降らせたあの夜に、気付くべきだった。その清らかな歌声に、僕の錆びついた歯車はゆっくりと動き出し、十一年という長い長い空白を埋めるように、回り始めていたということを。

4

居間のローテーブルに食らいついた武の背中は丸まっていた。着ているロンTが薄手の生地のため、その背中には背骨の凹凸が浮き上がっている。

武は絵を描いている。俺が勝手に受けた仕事の絵だ。彼は結局、その仕事を断らなかった。

集中しているせいか、俺が勝手に風呂を借り、冷蔵庫を漁ってもちらりとも視線を寄越さない。

その背中に触れて、驚いた顔を見たいと思ったが、今度は随分と細やかな絵を描いているようだ。手元が狂ったら大変なことになるだろう。

「――だから、悪かったって言ってるだろ」

先週末、武の家に出版社からの資料が送付されてきた。それをテーブルに広げた武は、むっつりと口を閉ざし、俺の謝罪の言葉に返事もしなかった。

ただ、しばらくの沈黙のあと、俺を見ることなく「馬鹿」と一言だけ文句を言った。それ以上咎められることはなかったが、武の癖毛の間から覗いた耳が、薄ぼんやりとグレーに染まったのが気がかりだった。

以来、武の空いた時間はすっかり仕事に費やされている。真剣な横顔や集中しきった姿に、普段のふにゃりとした笑顔の面影はない。勝手に仕事を受けたことは本当に悪いと思っていた。けれど、武のそんな姿に見惚れずにはいられなかった。

「――へぇ。ちなみに、それはどんな仕事なんだ？」

翌日、雑誌の取材終わりに、楽屋で武の近況を話すと、椎名にそう尋ねられた。

「絵本だよ。海外の童話を、日本版で出すらしい。その絵だ」

答えたら、椎名は目を丸くして、それから「アハハ！」と軽やかに笑った。

「なにがおかしい」

「いや、なんだかそれは、俺が薔薇の花束を抱えて、女性の家のドアをノックする行為に似ている」

「もうちょっとわかりやすく話してくれよ」

椎名は俺が不機嫌になるのを見てなおも笑う。答えをくれない椎名の代わりに、「つまり、気障ってことだ」と、そばにいた川久保が低い声で言った。

「だが実に身の丈に合っている。素晴らしいじゃないか、慎吾」

確かに、認めるのも悔しいが、スーツ姿の椎名が薔薇の花束を差し出し、女を口説く姿は想像に易く、画になった。俺くらいの年齢では、まだ不釣り合いな行為だ。

「なぁ、慎吾。俺から薔薇を受け取った女性は必ず目を輝かせ、頬を染め、胸をときめかせる。先生のために慎吾が選んだ仕事が、絵本だと知って、先生はいったいどんな気分だっただろうね？」

「あのなぁ、喜んでいるふうには見えなかったぜ。馬鹿だとも言われた」

「でもその仕事を断らなかったんだろう、先生は」

俺が黙ると、椎名はふふんと鼻を鳴らして笑った。これ以上椎名と話していると、頭の中がぐちゃぐちゃになりそうなので、それ以上なにも言わなかった。

俺は武にもっと仕事をして欲しいと思っていた。春の渋谷駅のように、俺の世界が色づくのを、何度でもこの目で見たい。そんなエゴが今回の絵本の仕事を勝手に受けることに繋がったわけだが、なにも、仕事であればなんでもいいというわけではなかった。

そもそも、武あての仕事の依頼の電話を取ったのはそれが初めてじゃない。化粧品のパッケージ、本の装丁、Liolineと同じくCDジャケットを描いて欲しいという電話もあったが、その都度、本人じゃないと言って電話を掛け直させていた。

だが、電話口で児童向けの絵本という言葉を聞いたときに、魔が差してしまった。相手は小さな出版社で、原稿料は正直それほど多くは出せないと謝られた。電話をかけてきた担当者は丁寧な喋り口調の、感じのいい年配の女性だった。彼女は元保育士だと言った。

武が好きな子どもたちのためになるなら、いいじゃないか。武の絵でできた綺麗な絵本なら、きっと生徒やその親たちも喜んでくれるだろう。

俺は俺なりに、武のことを考えて選んだ仕事だったが、どちらにせよ叱られて当然の行為だ。そういう想いが武に届いたかどうかはわからないし、武の家を出入り禁止にされなかっただけマシだと思うことにした。

その日は三人での取材のあと、椎名はひとり女性誌のグラビア撮影があった。人気上昇中の色男は、女関係の話題にも事欠かないせいか、近頃はソロでのそういった仕事も増え始めている。甘めのビジュアルはもとより、年齢や生い立ちのおかげか、多少、性に対してオープンでも好かれているのだからあの男は得だ。

マネージャーは椎名が取材中に余計なことを言わないよう、お目付け役で彼についていくことになっていた。必然的に、車で来たという川久保が俺を送ってくれることになった。

川久保の車の助手席に座ると、スピーカーからはピアノジャズが流れ始めた。今さら彼と二人きりになることに緊張があるわけじゃないが、寡黙な川久保とは、椎名がいなければ世間話もままならない。なにせ、年齢が一回り違う。

「どこまで送る？　下北か、自由が丘か」

そう問われて、躊躇したが「自由が丘」と答えた。

自由奔放な椎名とは違い、川久保は生真面目でお堅い。俺が武のことを好きだということに理解はないだろう。なにを言われたわけじゃないが、同性愛を良く思っていないのもなんとなくわかっていた。

川久保には武とのことを話すつもりはなかったが、椎名がべらべらと余計なことまで口にするのが原因で、結局秘密にする間もなくバレてしまった。表情の乏しい彼の顔が、そのときばかりは見事に引き攣ったのを覚えている。

一度自覚してしまえば、武のことはそういうふうにしか見れなくなっていた。細いボディラインが気になったり、丸く潰れた不格好な爪の形を酷く愛おしいと思ったりした。口づけた武の唇は柔らかく温かで、その感触を思い出すと思考がどこか遠くへ飛んで行ってしまう。

思いのほか相手が男であることに対抗がなかったのは、フクオとの付き合いが長いからかもしれない。武の平らな腹を見て、欲情してヘソにキスをしたのは、すっかりあの男に毒されている証拠だと思った。

「慎吾」

車がスタジオの地下駐車場を抜け、外に出たとき、運転席の川久保にふいに呼ばれた。日曜日の夕方だった。東の空には闇が降りかけている。夕日が綺麗だとよく人が言うのを聞くが、俺には朝日も夕日も同じようなグレーにしか見えなかった。

「武先生に、目のことは言ったのか」

川久保が武とのことを自分から話題にするとは思っていなかった。声のトーンは低い。きっと男同士のことなんて話したくないだろう。だが、からかうようなことばかりの椎名に代わって、俺を心配してくれているのかもしれない。

「……言ったよ」

「そうか」

「ああ。でも、信じてくれたかどうかはわかんねぇ」

下北沢のアパートを武が訪ねてきた夜、フクオの写真に囲まれた部屋で、俺は武に自分の目に関する説明をした。武の絵だけに色彩を感じることもだ。

武はそれを正座して黙って聞いていたが、話が終わると、唇を戦慄かせて言った。

「僕、どうすればいいのかわかりません……」

「別に、これはどうするとか、そういう話じゃねぇよ」

武は肩に力を入れたまま、泣き出しそうな顔で床に落とした視線を彷徨わせていた。今すぐに信じるのは無理だろう。医学上解明された事例でもない。俺の説明も下手だっただろう。

「どうしてもっと早く、言ってくれなかったんですか」

武はそう言ったが、気軽に話せることでもない。

「あんただって、話してくれてねぇだろう。学生時代の、友達のこと」

「……奈々緒が言ったんですか」

「………」

ついまた余計なことを言ってしまった。途端に武はぎゅっと眉間に皺を寄せ、立ち上がる。

「先生、あんたは自分の絵を、人を打ちのめす絵だと言ったが、俺の気持ちは奮い立ったぜ。それじゃあ駄目か。あんたの絵のおかげで、毎日が楽しい、歌うのもだ」

努めて真面目に言ったが、武は俺の目を見なかった。

「……すみません、時間をくれませんか」

夜中の三時を回っているにもかかわらず、そう言って武は自宅へと帰って行ってしまった。コンドームの箱の投げ出された部屋では、さすがに俺も泊まって行けなどという提案はできなかった。

その後、家に行けば武は今まで通り食事を作ってくれたが、俺の目を見て話をすることは目に見えて減り、二人の空気は良いとはいえない。武は仕事以外のときはどことなくぼんやりとしていて、先日キッチンで陶器の皿を一枚割った。

「大丈夫か?」

「はい、すみません、ちょっとぼうっとしていて……」

そう言って武は、しばらくキッチンにしゃがみ込んで、飛び散った陶器の破片を見つめていた。目に関しては、話題に出していない。自分から「どう思う?」と聞くのもはばかられた。なんだか同情を引いているようだし、そう聞くことで俺の話はすべてチープで現実味のないものになってしまう気がした。

寝室には変わらず俺の布団が用意されているが、寝るときはソファーを借りた。武も、自分を好きだという男のそばでは、きっと安眠できないだろう。

「慎吾、あまり焦るなよ」

川久保はハンドルを切りながらそう言った。

「三十も過ぎれば、守るものが多くなる。俺がこうしてお前にあれこれと口うるさく言うのも、自分の家族やLiolineを守りたいからだ」

ほんの少しだけウインドウを下げると、初夏の生温い風が車内に流れ込んでくる。つい先日の天気予報で、梅雨が明けたと言っていた。

武にとって今の仕事や環境は、きっととても愛おしいものだろう。俺は武が築き上げた三十一年や、今ある彼の生活を壊そうとしている。武に好きだと伝える行為は、そういうことなのだと思った。

当然武には気持ちを受け入れてもらいたい。そうなったら最高だ。だから今の、拒絶もされず受け入れもされない中途半端な状況は、確かに歯痒い。川久保の言う「焦るな」という言葉の意味は、今のこの状態のことだろう。

「俺は椎名とは違う。はっきり言おうか、慎吾。無理強いはすんなってことだ」

「あのなぁ……」

「最近の若いやつのことはわからないんだよ。とにかく、問題は起こすなよ」

「わかってるよ」

俺が武を想うように、武に想われているという自信はない。そう思うと胸の辺りがズキンと痛んだ。その胸の痛みを感じ、息苦しさを覚えるたび、これが恋か、と思い知らされる。

「……もうすぐライブだな」

流れていく外の景色をぼんやりと眺めながら呟くと、川久保は「ああ」と短く返事をした。

アルバムが出る前に、東京で三日間、六回公演のミニライブを行う。明後日から本格的にスタジオ練習が始まる予定だ。チケットはもうすでに完売してしまっているが、関係者席になら武を呼べるだろう。どうやって誘えばいいのか、はたして来てくれるのかどうかはわからない。

アルバムが出てしまえば、長い全国ツアーが始まる。武と一緒にいられる時間は減るだろう。それまでに答えが欲しいと思うのは、きっと悪いことではないはずだ。

普段歌っているLiolineの曲を、頭の中でリピートする時間が増えた気がする。今まではただ歌えばいいだけだったが、川久保が作曲し、椎名が作詞するその曲が、彼らそのものなのだと最近になってようやくわかった。

Liolineの楽曲は切なく、素直だ。愛や女性を尊敬していて、男の女々しい弱い部分を隠さない。川久保も椎名も、こんな恋を経て今に至るのかもしれないと思うと、いかに自分が無知なまま歌を歌っていたかが身に染みた。

人を好きだと思うほどに、狂おしく盲目になっていく。会えない時間に募らせた自分の想いは、きっとまだ武には負担でしかないだろう。

俺もこんなじれったさに身を焦がしながら、Liolineの一員として溶けて混じっていくのかもしれない。

「このあたりでいいか」

「ああ、サンキュ」

自由が丘の駅の近くで、川久保が車を止めた。助手席から降りかけたとき、ジーンズのポケットから財布が落ちた。財布はシートの上で跳ね、その拍子に中から紙が一枚はみ出る。レシートかと思ったが、ポラロイド写真だった。フクオが撮った、武の――。

「あ」

それを拾い上げて見た川久保が、さーっと表情をなくすのがわかった。

「……お前がやったのか」

「ち、違う！　これは！」

上手い言い訳ができないまま、川久保の手からそれを奪った。

川久保はこめかみを指で押さえ、「頼むから俺の心労を増やしてくれるな」と言った。色恋沙汰で手がかかるのは椎名だけで充分だと言いたげだった。

こんな写真を撮ったフクオを許したわけじゃなかったが、写真そのものに罪はない。普段禁欲的で清廉潔白な武の、色っぽい姿を収めたのは唯一これだけだ。捨てるのもどうかと思って持っているのだが、俺は武にだけは見つからないように注意しなければと思った。写真には、おそらくもう消えただろう、俺が付けたキスマークが三つきちんと映っていた。

川久保と別れ、武の家へ向かった。日曜日は教室がないので、一階は閑散としていて静かだ。二階の居間に上がると、武はローテーブルに突っ伏して眠っていた。珍しい、普段見せない隙だらけの姿だった。

起こさないようそっと近づき、覗き込む。テーブルには絵本用のイラストが数枚置いてあった。画材はクレヨンとアクリルを使っている。絵本の内容は知らないが、鮮やかな森や華やいだ街並みに、人間の男の子とたくさんの動物たちが暮らしている様子が描かれている。

倉庫にしまってある武の作品は写実的な絵が多かったが、初めて見る武のイラストは可愛らしいものだった。丸顔につぶらな瞳、ちんまりとした身体つきをしていた。そしてなにより表情が良い。優しくて無垢だ。

「……ん、慎吾さん……？」

「おはよ、先生」

薄っすらと目を開けた武が、のろのろと身体を起こした。

「すみません、寝てしまいました。すぐ、夕飯の準備しますね……」

「いいよ、急がなくても」

立ち上がろうとした武の腕を摑み引っ張ると、武はふらふらとしながらもといた位置にぺたりと座った。突っ伏していた武とテーブルの間には、クロッキー帳が隠れていた。武はぼんやりとしたまま「あ、これ……」となにか思い出したようにそのページを捲る。

「なに？」

「あ、いえ。余計なお世話かもしれないんですけど、さっき描いたんです……」

歯切れ悪くそう言った武が見せてくれたのは、絵本と同じタッチで可愛らしく描かれた似顔絵だった。一ページに、三つの丸い顔が並べて描いてある。色鉛筆で色も塗られていた。デフォルメされているが、すぐにわかった。Lioline メンバーの顔だった。

「これ、俺たち？　はは、似てる」

「そうです。このピンクっぽい茶髪が椎名さん。色白で黒髪なのが、川久保さん」

そして、小さな顔に大きな吊り目が俺だ。

「慎吾さんは、シルバーっぽい綺麗な金髪をしてます。目が灰茶色で、とても綺麗」

灰茶色、聞きなれない単語だ。武が描いた俺の目は、確かに灰色と茶色が混じったような、複雑な色をしていた。

「へぇ、少し色が薄いとは思ってたけど、こんな色してんだ？」

そう言った瞬間に、武の優しい眼差しと目が合った。

「僕ね、ずっと考えていたんです。僕の目がもし〝そう〟だったら、まずどんな色が見たいかって。それで、できれば早く、愛しい人たちの色が見たいだろうって」

そう囁く武の隣にしゃがみ込み、痩せて尖った肩に触れた。俺の目はたぶん潤んでいる。目頭が熱く、今にも泣き出してしまいそうだった。

色が見えない俺のために、俺に見える色で絵を描いてくれた。

武は始めから俺を疑ってなどいなかった。紙の上のLiolineは可愛い顔をしていて、綺麗な色で彩られている。武が綺麗だと言った俺の瞳の色は、本当に綺麗だった。

「武先生は、どんな色をしてるんだ？」

「僕ですか。僕は……」

武はページを捲り、手近にあった色鉛筆でさらさらと丸い顔を描く。癖のある猫っ毛は黒、肌の色はそれほど白くなく、頬がオレンジに焼けている。

「先生はもっとタレ目だよ」

「ええ？　そうですか？　これくらいですよ」

武の横顔がふっと綻ぶ。

「それから、先生の頬にはそばかすがある」

「目、悪いって言ってませんでした？　その割に、よく見えてますね」

「見えるさ、これだけ近ければ……」

武の耳に囁きかけて、肩を抱いたが、顔が逃げていく。掌が顔と顔の間に入って来るなり、俺の口元をそっと押しのけた。触れた指にちゅっと音を立ててキスをすると、武の頬と耳が染まる。それがどんな色かは、俺にはわからない。少し濃いグレーだ。

その耳を摘まむと、熱でも出したかのように熱くなっていた。俺に「馬鹿」と文句を言ったあのときも、こんなふうに耳を熱くしていたのだろうか。

「先生は今、どんな色してるんだ？」

「……それは、その、想像してください……っ」

体重をかけ、頬を擦り寄せると、武は蚊の鳴くような声で言った。柔らかな頬も、燃えるように熱い。

俺の肩を押し返す武の腕は、ちゃんと男の力を持った腕だ。武が俺を、男として意識しているのがわかる。その重みが心地良かった。子どもをあやす親のような、以前までのものとは違う。

ソファーとローテーブルの狭い隙間に武の身体を押し倒し、彼の胸に自分の胸を重ねた。心臓は俺と同じ速度で脈打っている。

「だ、駄目ですからね、慎吾さん。駄目ですよ」

「なにが？」

逃げようともがくので、体重をかけると小さく呻いて大人しくなった。

「キスしていい？」

「だ、駄目ですって」

「少しくらいいいだろ、誰も見てない」

顔を近づけると、またも逸(そ)らされた。そろそろ観念(かんねん)してくれてもいいと思うのだが、武は頑(かたく)なだ。さすがにこう何度も拒(こば)まれると傷つく。焦(じ)らされているだけならいくらでも待てるが、本当にその気がないのならきちんと言って欲しい。

「流されたくないんです」

武はぼそりとそう言った。

「大事なことだから。それに、あなた、今すごくいやらしい顔をしてますよ。唇をくっつけるだけで終わるとは思えない」

「わかるの？」

「わかりますよ。もう、どいてください。重たいです」

確かに、唇の感触の次は、口の中の味を知りたいと思うのは当然の欲求だろう。深いキスをしたら、流されてしまうかもしれないという懸念(けねん)が武にはあるということだ。悪い気はしない。俺は武の上から退いた。

「先生って真面目だな」

「不真面目でいいんですか？　そんなのは不毛です」

武はそう言ってぷいっと顔を背(そむ)けた。キッチンへと向かい、エプロンを身に着ける。相変わらず意地悪(いじわる)を続ける俺のために、夕食の準備をするのだろう。こういうところも、武は変わっている。

「なぁ、今夜一緒のベッドで寝てもいい？　なにもしない、本当に」

調理中の背中にそう言うと、武は唇を尖らせ、むっと眉間に皺を寄せて俺を見つめたが、

「……なにもしないなら」

と、困ったように許可を出す。

「嘘だよ、するに決まってるだろ。飯食ったら帰るよ。明日も朝から仕事だから」

「〜〜っもう、本当に僕のこと好きなんですか？　意地悪ばっかり！」

武はその場で地団駄を踏んだ。これから焼く魚を捌いている途中で、手が離せないのだ。俺はそれを笑った。キスのひとつもさせてくれないのだ、これくらいの意地悪は許されるだろう。

食事を終えてアトリエを出るとき、珍しく武が玄関まで見送りに来てくれた。靴を履き終えると、後ろから武の両手が俺の肩に触れた。

「慎吾さん、あの、そのまま」

振り返ろうとすると、武がそう言った。

「……あの、遅くなりましたが、目のこと、話してくれてありがとうございました」

武は少し屈み、俺の後頭部に囁いた。ぎゅっと肩を握られ、その掌の熱さに、武が緊張しているのがわかった。恥ずかしいから、振り返るなと、そういうことなのだろう。

「こんなことを言うのは失礼かもしれませんが、僕の絵の色が見えること、僕は嬉しいです。あなたに、選ばれた気がして……」

武は謙虚だ。自分に自信がなく控えめだ。これだけ好きだと迫っているのに、まだ選ばれた自覚がないらしい。

「それから、絵の仕事のこと、もう怒っていません。頑張って描きますから、楽しみにしていてください」

「うん」

「……仕事、頑張ってくださいね。おやすみなさい」

そう優しい声色が言って、俺の後頭部にそっと、なにかが触れた。——キスだ。俺がそれに驚いている間に、ぐいぐいと背中を押されて外へと押し出される。振り返ったときには、バンッと玄関のドアが閉められ、鍵がかけられる音がした。

「ちょ、先生！」

「慎吾さん、声が大きいですっ。もう行ってくださいっ」

慌てて鍵を取り出したが、鍵穴に差し込む前に内側からチェーンをかけられる音がした。抜かりない行動だ。

「……慎吾さんが意地悪ばっかり言うから、仕返しですよ」

ドアを隔てた奥から武はそんなことを言ったが、どう考えたってキスはご褒美だ。抜かりないと思ったばかりだが、武はやっぱり少し抜けている。

ドアに向かって「おやすみ」を言うと、武は「はい」と短く返事をした。優しく朗らかな声だった。

ライブの日程が近づくと、当然武の家へ行く頻度はぐっと減った。俺の一日はストレッチから始まり、リハーサルと練習を重ね、夜になると打ち合わせや反省会に拘束された。夜は椎名たちと食事をして終わる。

ドラムを叩いたり歌を歌っている間は、武のことを忘れられると思ったが、椎名が甘く切ない歌詞を吐き出すたびに、瞼の裏にはどうしようもなく武のふにゃりとした間抜けな笑顔が蘇った。ライブは好きだが、武や武の作る食事の味がどうしても恋しかった。

その日、練習の合間に、スタッフから新しいアルバムの完成版が届いたと知らせを受けて、俺たちはミーティングルームへ集められた。ダンボールの中をいの一番に覗き込むと、目の前いっぱいに宝石が散りばめられたかのように見えた。武が俺たちのために描いた星は、小さなＣＤサイズになってもピカピカと優しく輝いていた。

ジャケットの表紙に文字はない。デザインを担当した奈々緒は、まるで俺の気持ちを知っているかのようだ。リーフレットの歌詞の書かれたページを捲ると、そこにも色鉛筆で描かれた星がいくつもあった。表紙以外にも、武はいくつも星を描いてくれたのだ。

本当は武の家に駆け込んで手渡したかったが、残念ながらスタッフが送付済みだと言った。

「電話でもしておいで」

いてもたってもいられない俺の様子を汲んだのか、椎名がそう言った。俺はミーティングルームを飛び出し、スタジオの外へ出た。大慌てでケータイを取り出し、武の自宅に電話をかける。三コール目で繋がった。

『はい、武――』

「先生！　アルバムができたぞ、いい感じ。ありがとう、愛してる」

『えっ、あ……』

思わず、するりと出てきてしまった言葉に自分でも恥ずかしくなった。愛してるだなんて、歌の歌詞以外で口にしたのは初めてだった。さらに、言われたほうの武が、動揺しているさまも容易に想像がつく。

「いや、その――……」

言い訳に迷ったが、結局俺は「愛してる」ともう一度言い直した。本当に思っていることだ。間違ってない。電話口の武が、息を呑む静かな音を聞いた。武は小さく『はい』とだけ答えた。曖昧な返事だ。けれどその優しい声を聞けただけで、俺の心は和らいだ。

「先生、来週の日曜日、ミニライブの最終公演に来てくれよ。奈々緒さんと来ればいい。関係者席を二つリザーブしておくから」

俺が意気揚々と言うと、電話口の武は突如どもった。

『いえ、あの』

「なんだよ、嫌なのか？」

『違います。チケットならもうあるんです。僕はやり方がわからなくて、でも、奈々緒に言ったら、代わりに取ってくれました』

「はぁ？　チケット取ったの？　一般で？」

『はい、あの……。行きたいと、思って、それで。奈々緒には、慎吾さんに頼めば入れてくれるだろうって言われたんですけど、でも』

遠慮がちな武の言葉に、俺はその場で思わず飛び跳ねた。家を滅多に出ない、人ごみ嫌いで人見知りの武が、Lioline のライブのチケットを自分で欲しがった。いつ家に行っても、曲さえ流してくれないくせにだ。

『……あの、うちわでも作りましょうか』

武は突然、そんなことを言った。一瞬なんのことかと思ったが、アイドルのライブ会場でファンが振るような、派手なうちわのことだとわかった。

「勘弁してくれよ。Lioline のライブでそんなもん振ってたら、変に思われるよ」

『そうなんですか……。目印になると思ったんですけど』

「目印？」

確かに武お手製のうちわなら、きっと灰色の客席の中でも、色が見えるはずだ。今度の会場はそれほど収容人数も多くない。武のことも見つけられるかもしれない。

「……先生、もしかして、歌って欲しいの？　俺に。あんたのために」

ついからかうような口調で言ってから、また意地悪なことを言ってしまったと思ったが、修正はきかない。けれど、武の反応は思いのほか素直なものだった。

『お、おかしいですか？　僕はあなたのファンです。慎吾さんは、僕のことを好きって言ったじゃないですか。だから、一度くらい、僕に歌ってくれてもいいでしょう？』

「なぁ、それってファンなだけ……？」

今度こそ、これは意地悪な質問だ。武が言葉に詰まるのがわかる。

『あの、……その。それは……』

「いいよ。待つ。いくらでも待つよ」

頼まれなくたって武のために俺の喉は震え、ハイトーンは空気を貫くだろう。武の心臓めがけてだ。

自分のメインボーカルの曲がないことが悔やまれる。俺にも椎名のように歌詞が書ければ、川久保は曲を書いてくれるだろうか。今度、そんなことに挑戦してみるのもいい。

「武先生。ほっぺに星マークでも描いておいてくれよ。どんなに遠くにいても、見つけるからさ」

武はクスクスと笑って『はい』と返事をした。

時刻は二十一時半、ケータイを耳に当てたまま、それからしばらくお互いに沈黙を共有した。

俺はその場にしゃがみ込み、夜空を見上げる。俺の目には見えないが、もしかしたら空には星が輝いているのかもしれない。俺は想像で、そこに星を浮かべた。武が描いた、色鉛筆の星だ。

金曜日から始まったミニライブの公演は、さして大きな問題もなく順調に進んだ。日曜日の夜の最終公演を直前に控え、蓄積されたそれまでの疲れも、武が来ると思えばなんてことはない。この三日間、声の調子はすこぶる良い。演奏を間違える気もしなかった。

「――さて、ラストだ」

ステージ袖で椎名がそう言った。普段甘い彼の声も、このときばかりはびしりと俺の身体の芯に力をくれた。

割れんばかりの歓声に迎えられ、ステージの床を革靴の底が蹴った。白く光る照明に目を焼かれるが、見えなくても身体がちゃんとドラムの場所を覚えていた。定位置に座り、スティックを握って軽く手元で回転させる。身体は軽い。

曲は間もなくして始まる。俺のドラム、演奏陣と川久保のピアノ、息はぴったりと合っている。いい感じだ。そこへ椎名の甘い歌声が、ゆっくりと重ねられる。斜め前に立った椎名の後ろ姿を、ライブのときほど頼もしいと思うことはない。

会場の明るさにゆっくりと慣れていく目を、フロアへと巡らせる。オールスタンディングのライブハウスだ。遠慮がちな武は、きっと自分の長身を気にして、後ろのほうにいるだろう。Lioline のファンは女性ばかりだ。

遠くを見れば、揺れるグレーの波の中に、小さな黄色い星がチカチカと光るのを見つけた。思わず口元が緩む。武は本当に描いて来てくれたらしい。目印の黄色い星だ。俺は今夜、その星めがけて、椎名の甘い恋の歌にコーラスを重ねる。

「――――」

いつか、椎名は言った。俺の歌声は、ガキくさくて下手くそで、不器用で粗削りだと。

でも俺のこの歌声が変わっていくのなら、どうか自分の才能に怯え、外を恐れる武の、盾になって欲しい。見えない行き先の道しるべに。暗い足元を照らす小さな灯りに。雨に濡れるなら傘になり、凍える夜なら柔らかな毛布になってくれればいい。

武はきっと、俺にとってそういう存在なのだ。水色の高い空、オレンジに燃える太陽、揺れる鮮やかな草花、匂い立つ深いマリンブルー。そして今、会場に光る小さな黄色い星。

俺は確かに奮い立った。武の絵に、その色に。それはこの先を生きていくために必要な、大切な希望の光だ。

これほど人を好きだと思うことは、きっとこの先二度とない。彼への想いに胸は膨らみ、俺の声はどこまでも遠くへと響き渡る気がした。

今なら見える気がする。観客の熱された肌の色、恋するような瞳の輝き、ぶつかり合う声が散らす赤い火の粉。軽やかに流れる川久保のピアノの音や、椎名の歌声が柔らかく包む、その優しいヴェールの色も――。

――あっという間に、ライブは終焉へと向かっていく。ラストの曲がしなやかな余韻を残して客席に消えていくと、拍手と歓声が雨のように降ってくる。それを感じながら、ドラムの前へと出て行った。

息が上がり、胸が激しく上下する。心臓はドクドクと耳元で鳴っていた。汗の粒が顔を伝い、顎にぶら下がって床に落ちる。

眩しい照明を浴び続け、疲れた俺の目だが、武の居場所だけは見失わない。俺の想いは、その星に届いただろうか。

こんな幸せな、満たされた気分でライブを終える瞬間は初めてだった。三人で並んで頭を下げると、より一層の拍手の音が弾けた。

――ゆっくりと、夜になるように照明が落とされる。それでも拍手は鳴りやまない。だが、顔を上げれば、俺の世界は突如、まったくの闇に飲み込まれていた。

「――……っ？」

普段、照明が落ちたとき、視力の悪い俺を誘導するために差し出される椎名の白い掌が、決まってぼんやりと闇に浮かび上がる。だが、今日はそれが見つからなかった。ステージ袖ではいつも、マネージャーがライトを向けてくれるはずだ。その光も見えない。

四方が深く深く塗りつぶされた黒だ。これじゃあ進む先がわからない。椎名の手はどこだ？　ライトはどこにある？　俺は今どこにいる、どこに立っている？

「慎吾？」

キョロキョロとあたりを見渡すと、どこからか声が聞こえた、川久保の声だ。だが、それがどこから聞こえたのかわからない。すぐそばなのか、それともずっと遠くなのか。

「は……っ」

呼吸が浅くなり、息苦しさを感じた。今までこんなことはなかった。確かに視力は悪い。俺の目は闇にも光にも強くない。だが、こんなにも突然に、なにも見えなくなったことはない。

――その深い闇に、小さな光がぽつんと浮かんでいた。優しい黄色をピカピカと輝かせる、小さな星だ。

「武先生……」

助けてくれ。

この闇から、あなたの描く鮮やかな世界に、連れ戻してくれ。

その星に手を伸ばし、足を踏み出す。俺の意識は、そこで途切れた。

5

最後の曲を終えたあと、慎吾はステージから落下した。

どん、という鈍い音がした。観客が上げた高い悲鳴は、Liolineが創り出したロマンチックな夜の闇を、真っ二つに切り裂いていった。

落ちる寸前の慎吾は、ふらふらと僕の元へと向かって来たように見えた。あの雨の夜、慎吾が僕のジーンズの黄色い汚れを目印に闇の中を歩いたのが、僕の瞼の裏に蘇っていた。

そのときの僕の頬には、黄色い星が描いてあった。

慎吾の怪我は大事には至らなかったが、打撲と軽い捻挫のため数日の入院を余儀なくされた。それはニュースでも取り上げられ、どこから情報が漏れたのか、慎吾の低視力についても触れられた。

たちまちそれは世間に広まり、ファンはもちろんのこと、ワイドショーやインターネットの掲示板ではちょっとした騒ぎになっている。真偽の予想や、同情のコメントで溢れ、売名行為だと非難する声もあった。メディアがその話題に触れるたび、Liolineの曲はテレビやラジオから流され、近々発売されるアルバムの紹介がされた。僕が描いた星の絵も、何度も目にするようになった。

そのアルバムをひっさげ、秋から始まるライブツアーのチケットは早々に完売。追加公演があるだろうとテレビのコメンテーターが言った。図らずもその事故の一件から、Liolineは一躍有名グループになってしまった。僕はますますテレビもラジオもつけなくなった。

僕と慎吾が親しいのを知ったマネージャーから連絡をもらい、病院に見舞いに行けたのは、事故から六日後だった。怪我の具合は良好だったが、メディアが騒がしいせいか、身を隠すために慎吾の入院は長引いているらしい。

病院を訪れたとき、慎吾の病室の前には椎名と川久保、そして数名の事務所関係者が遠巻きに立っていた。

「慎吾はまだ、先生に会いたくないと言ってる」

僕を見るなり、腕を組んだ川久保が神妙な顔つきで言う。

「あの、僕のせいで怪我を。だから慎吾さん、もしかして、怒っているんでしょうか?」

事故の日以来ずっと気になっていたことを尋ねると、川久保は目を丸くした。

「今回の事故がどうして先生のせいなんだ? 慎吾はもともと視力が悪いんだ、こういうこともあるだろう」

「だって、会いたくないなんて……」

呟くと、川久保は口をへの字に曲げて視線を逸らした。慎吾の怪我はそれほど深刻ではないはずだ。彼にそんな態度を取られると、不安で仕方なかった。

「武先生、ちょっと話が……」

川久保がそう言いかけたとき、すぐそばにいた椎名が、遮るように僕の腕を引いた。

「まぁ、待ってくれ。好きな子に弱っているところを見られたくないだけさ。先生にもそういう頃があっただろう?」

「ですが」

「慎吾は大丈夫だよ。ちょっと身体に青タンができたくらいのことだ。ただちょっと気が立ってる。いつにも増して、不機嫌顔でね。酷くツンとして、だんまりさ」

椎名はいつも通りのからかうような口調でそう言うと、僕の強張った頬をつんつんと突いた。

怪我だけでなく、マスコミの報道も慎吾の繊細な神経を逆撫でしているということだろう。彼も目のことは大々的にされたくはなかったはずだ。そしてLiolineがこんなふうにして話題になることを、きっと誰も望んでいなかった。

「それより先生、少し内緒話をいいかい?」

返事をする前に椎名に腕を引っ張られ、廊下の隅へと連れて行かれた。川久保は遠くで呆れ顔をしている。

「――ところで、近頃は慎吾との関係はどうなのかな?」

「え……?」

唐突な椎名の質問の意味を理解すると当時に、頬が熱くなる。

「も、もうちょっと声のボリュームを落としてください……」

「誰も聞いちゃいないさ」

椎名は僕の肩を抱き、顔を近づけてくる。静かな病院内では椎名の声は大きい。

「そのことは、……中途半端にしていて。それで」

かろうじてそう答えたが、語尾は曖昧に途切れてしまった。ばつの悪い話題だ。

「先生は男同士の経験はないだろう？　この日本じゃ受け入れ難いことだろうし、しかも慎吾とは歳の差もある。まぁ、先生が悩むのも当然のことだろうね」

さらさらと告げられる椎名の言葉すべてが、ちくりと胸を刺した。

男同士であることに戸惑いがないわけではなかったが、キスをしてもさして違和感はなく、僕は満足な拒絶もしていない。今さらそれを言い訳にするには説得力に欠けるだろう。

「ねぇ、先生。人は自分に足りないものを求め合うものだ。慎吾があなたに惹かれたことはちっとも不思議じゃないし、先生が慎吾に惹かれたって、それは別に変なことじゃないのさ」

「はい……」

慎吾とはお互いになにが合うというわけでもない。年齢も育ってきた環境も、性格も大きく異なる。それなのに、自分が自然に慎吾へと引き寄せられているような自覚はあった。それでも湧き上がる、どうしようもない不安が消えるわけじゃない。

「まぁ、先生にないものなら俺も持ってるかも。もしかして俺のほうが良かった？」

そう言った椎名はさらに顔を近づけてきた。色男の言葉尻は、色っぽい吐息交じりだ。

「いえ、あの！　や……！」

「ははは！　冗談だよ、先生は愛くるしい人だね……」

そう笑う椎名の語尾には、憂いが混じっていた。僕は唾を飲み込んで、次の言葉を待った。

「ねぇ、先生……。俺はね、先生には本当に感謝しているんだ。慎吾は本当に変わった。あなたの優しさやぬくもりや、そして多くの色に触れ、恋を知り、大人になった。そしてあいつはそれを素直に歌声に乗せている。素晴らしいことだ。慎吾はこれからもっといい歌手になるだろう」

　椎名のその言葉は優しく、歌うように滑らかだった。何万人というファンの心を掴むその声は、上質なシルクのように耳触りが良い。僕は黙ったまま、向けられる言葉のひとつひとつを噛みしめた。

「そして俺は、先生の人柄もとても愛している。慎吾の友人として、先生が慎吾を選んでくれたら嬉しい。でも同情で差し出すのは愛じゃない。だから、もし先生が慎吾を選べないのなら、きちんとそう言ってあげてくれないか」

「え……？」

「俺たちアーティストは、喜びと悲しみの分だけ、いい歌を歌える。先生がそのどちらも与えられないのなら、それは慎吾のためにはならないのさ」

　それは椎名の、表現者としての言葉なのだろう。喜びも悲しみも、糧にする。そうして彼らの表現は深みを増していく。慎吾が僕を想い、そしてその声が、奇跡のように柔らかに変化していったように。

　僕が慎吾を受け入れられなかったら、きっと彼は深く傷つくだろう。でもその痛みで彼は歌を歌い、前進していく。

僕のつかず離れずの中途半端な態度は、慎吾のためにはならない。Liolineのためにも、そしてきっと、答えが出るのを恐れて逃げ回っている僕のためにもだ。

ぐっと押し黙ると、椎名は僕の背を撫でた。

「……なんだか、答えを急かすようなことを言ってしまったね。悪かった」

「いえ……」

椎名にとって、慎吾はLiolineの大事なメンバーだ。可愛がってもいるだろう。僕のために慎吾の心情が振り回されているのだとしたら、それを良く思わないのは当然だ。

「先生、慎吾なら今ちょうど起きてる。会って行くといい。話したいこともあるだろう」

ぱっと声色を普段の調子に戻した椎名は、そう言って慎吾の病室を指さした。

「……でも、僕には会ってくれないと」

「先生、あなたはそう言われて、素直に逃げ帰るのかい？」

煽るようにそう言われてしまうと、返事に詰まった。先ほどなにかを言いかけていた川久保が気がかりではあったが、せめて一目彼の顔を見ることができれば、僕も少しは安心できる。

「あ、会います。もちろん……」

そのために来たのだ。慎吾は不機嫌だというが、怒っているのなら素直に謝り、落ち込んでいるなら慰めてあげたい気持ちもあった。

椎名は慎吾の病室の前から人払いをした。話を終えたら連絡をすると約束し、椎名も姿を消した。

ひとり残され、病室の前で呼吸を整えた。緊張で身体が硬く、重たく感じられた。

慎吾を選べないのなら、きちんと断るべきだ。中途半端な優しさや同情は慎吾を駄目にする。

——不思議だ。椎名は人の心などすべてお見通しという目をするくせに、僕がいつまでも、慎吾のことを愛していないと勘違いしている。

慎吾のことを、好きじゃないなどと思ったことはない。

慎吾に出会わなければ、僕はきっと変わらないまま、ごく普通のお絵かき教室の先生として毎日単調に暮らしていただろう。生温い孤独に全身を埋めたまま歳を取り死んだはずだ。

慎吾はそんな僕の世界を変えてしまった。人生を掻き回してしまった。心を乱され、感情を揺さぶられ、その飛び切りの声で幾千の星を降らせ、幸せをくれる。こんな出会いはもう僕の人生には訪れない。

そんな彼のことを、唯一無二だと、運命だと、思わないはずがない。慎吾の歌声に、こんなにも胸がときめくのに。

だが慎吾は男だ。あの声に愛を囁かれ、若々しい身体に暴かれたら、きっともう帰って来れなくなる。慎吾のいない世界に。

そんな未来を予想すると同時に、アトリエにひとり残され、親しい人が消えていく喪失感が胸に蘇った。慎吾に好きだと伝えられるたびに湧き上がる「僕も」という言葉は、いつも喉元に引っ掛かって、外に出たがらない。

必要なのはいつだって覚悟だ。僕にはいつもそれが足りない気がした。格好悪くて、情けなく

て、なんて男らしくないのだろう。

言ってしまえばいいのだ。たった一言「きみが好きだ」と――。

「…………」

深呼吸のあとに病室のドアをノックする。返事はない。躊躇したがそのままドアを開き、中に足を踏み入れた。

病室は広めの個室だ。ベッドの上で身体を起こしていた慎吾は、僕の顔を見て目を見開き、そして眉根を寄せた。不機嫌な表情だった。目の下には濃いクマがあり、泣き腫らしたかのように瞼が膨れている。心なしか肌の血色も悪く、やつれて見えた。

「先生……」

慎吾の呟きは乾いていてか弱かった。くしゃりと端正な造りの顔を歪める。

「どうして……？　会いたくないって、言ったのに……」

「そんな泣きそうな顔で言われても、説得力がありません」

ベッドのそばのパイプ椅子に腰かけ、投げ出された慎吾の手に触れると、やや間があって避けるように彼の手は引っ込められてしまった。

俯いた慎吾の、少し厚めの唇はきゅっと引き結ばれていた。会いたくない、というのはおそらく嘘だろう。だが彼らしいというか、意地を張っているように思えた。

「怪我の具合はどうです？」

努めて優しい声で問いかける。慎吾はぶっきらぼうに「別に」と言った。

「……すみません、聞かれ飽きた質問でしたね」

慎吾の身体には大げさな包帯やギプスがはめられているわけでもない。針で縫うような怪我もないと聞いている。ただこめかみにガーゼが張り付けてあり、青黒い痣が覗いていた。

ベッドに手を置き、身を乗り出しその痛ましいこめかみに触れる。するとすげなく振り払われてしまった。少なくとも今は、甘やかされることを望んでいないのだろう。僕は椅子に戻った。

「………悪い」

慎吾はぼそりと言うと、視線を窓の外へとやった。

時刻は十四時、ちょうど日差しが強く気温の高い時間帯だ。窓は少し開いており、白いカーテンが緩やかにはためいていた。太陽の光に慎吾の金髪はきらきらと輝いている。灰茶色の瞳だけがどこか虚ろで、その風景の中で浮いて見えた。

「先生」

慎吾は声を震わせた。

「先生がジャケットを描いてくれたアルバムはきっと売れるだろう。俺がLiolineに入って初めてのアルバムだ。きっと今までで一番売れる」

アルバムが売れるのは良いことだ。だがその言葉に、こんなはずじゃなかったと嘆く彼の心情が窺えた。

「今回のアルバムは、きっと予定より多くＣＤショップに並ぶ。派手なポップつきでだ。ポスターも増刷される。それで先生の絵があちこちに貼られて、俺の世界に色が足される」

PERFECT SPRINGのポスターが張り巡らされた、春の渋谷駅のように。

「先生、俺はそれを望んでた……」

ようやく振り返った慎吾が、僕の目を見つめてそう言った。灰茶色の目に光はなかった。慎吾の顔は造形が美しいぶん、表情が消えると妙に人形のように感じられた。まだ不機嫌そうにしているほうが、彼らしいと思った。

「さっきは悪かったよ。会いたくないなんて言って……」

「い、いえ……」

「こっちへ」

慎吾はベッドを半分空け、隣をぽんと叩いた。座れということだろう。戸惑ったが、言われた通りベッドに腰掛けた。

すると慎吾の手が肩にかかり、抱きしめられる。突然のことに躊躇したが、僕が腕を回し、抱きしめ返そうとすると、それを待たずに、仰向けにベッドに押し倒された。身体の上に慎吾が圧し掛かってくる。肩を押さえつける容赦のない力に肝が冷えた。

「し、慎吾さん？」

状況を把握したと同時に、覆い被さってきた慎吾の顔が目の前に迫った。眉間に皺が寄った、見慣れたはずの不機嫌顔だが、感じたのは恐怖だ。Tシャツの裾から慎吾の手が入り込み、素肌を撫で上げて、胸の突起を親指に潰された。驚いたのと、痛いので、僕の身体はベッドのスプリングの上で派手に跳ね上がった。

「ちょ、ちょっと待ってください。なにするんです、こんなところで……！」

「………」

慎吾は答えない。険しい表情のまま、彼の唇が唇にぶつかった。重ね触れ合わせる余裕もなく、舌に歯をこじ開けられ、口腔内(こうこうない)に侵入(しんにゅう)を許してしまう。

「ん……っ」

乱暴な舌が、口の中で暴れ回るだけの性急な動きだ。愛情も色気もない。それでもその舌触りは甘く、脊髄(せきずい)から駆け上がってくるような痺れに危機感を覚えた。慎吾は今、確かに情緒不安定(じょうちょふあんてい)だろう。だがこんな方法で彼の心が穏やかになるとは思えない。

そんなことを考えているうちにも、慎吾の指先は僕の身体を弄(まさぐ)っていく。平らだった右胸の先端(せんたん)を引っ掻かれ、摘(つま)み上げられたときには「ひっ」と妙な音が喉の奥で鳴ってしまった。

「ぷは、あ……っ、ちょ……っと！」

唇を解放されたかと思えば、慎吾の唇と濡れた舌は顎先から首筋(くびすじ)を伝い、さっきから弄(いじ)られていた胸の先端に辿(たど)りつく。軽く歯を当てられたあと、じゅる、と濡れた音を立てて舐めしゃぶられた。

「やめ……っ」

じんと腹の奥が痺れるような感覚に、抗議の言葉が途切れた。抵抗されないようにか、慎吾は僕の太腿(ふともも)の上に座り込む。わざとだろう、彼の欲望がパジャマの布越しに押し当てられ、腰が引けた。

「ちょ、ちょっと、待ってください！」

怪我人相手では躊躇したが、ぐっと肩を押し返しやめさせる。顔を上げた慎吾の目は不満を露わにして、僕を睨み上げた。

「待ってくれるって、言ったじゃないですか……！」

僕が答えを出すまで、いくらでも待つと言ったはずだ。慎吾は僕の言葉に、より一層顔を歪めた。毛を逆立てた獣のような目に、火花が散る。

「そのつもりだった！　でも、もう待てない！　時間がねぇんだ！」

「うっ」

両肩を押さえ込まれ、ベッドに埋め込まれるように体重をかけられた。ギリギリと爪を僕の肩に食い込ませ、叫んだ慎吾の声は掠れてひっくり返っていた。

このまま暴力でも降ってきそうな剣幕に息を呑んだ。けれどいくら待っても、慎吾は僕の両肩をきつく摑んだまま動かなかった。その手は、ぶるぶると震えている。力の抜き方を忘れてしまったようだ。

「し、慎吾さ……」

僕を見下ろすその瞳に、たっぷりと涙が溜まっていた。灰茶色の目が、差し込む外の光にキラキラと輝いて見えた。

「先生……。俺の目、見えなくなるんだ」

「え……？」

慎吾は静かに言った。

「俺の目は、もうあと何年もしないうちに見えなくなる。そういう病気なんだって」

「し、慎吾さん、なにを言って……」

「あのステージの上で、なにも見えなくなった。そういうことだったんだ。これからだんだん見えなくなっていくんだ」

視力の弱い慎吾の目。光にも闇にも弱いその美しい灰茶色の瞳。灰色の世界の中で、唯一僕の色を見つけてくれた奇跡の目だ。

それが、見えなくなるというのか。白も黒も灰色も区別できず、――僕の色も、失うというのか。

慎吾の言っている言葉の意味が一瞬わからなくなって、僕は黙って彼を見つめたまま、なにも言えなかった。頭の中が白一色になり、身体は呪いをかけられたように動かない。

「目が覚めたとき、なにも見えなくなってるんじゃないかと思うと怖くて眠れない。本当は瞬きすら怖いんだ……！」

ぽたぽたと音を立てて、慎吾の熱い涙が僕の胸に落ちる。もう枯れるほど泣いただろうその目を、僕は無意識のうちにそっと掌で覆った。

抱き寄せると、慎吾の腕は力なく折れ、その身体は僕の上へと降りてくる。そのままぎゅうっと力を入れると、慎吾は「は」と短く息を吐いた。

恐怖で眠れず、泣き疲れ、精神的に参っている彼の身体は、やがて僕の体温に溶けるように重たくなっていく。

「慎吾さん……」

言わなければ、好きだと。大丈夫だ、僕がついている。

「……慎吾さん、僕は、あなたが――……」

目が見えなくなる。僕の頭はそれがいったいどういうことなのかまだ理解できずに、震えた言葉はそこで途切れてしまった。

「……今まで悪かった。もう、会わない」

僕の言葉を待たずに、慎吾は最後に一言だけそう言うと、疲れ果てて眠りについてしまった。静かな病室に、慎吾の声は美しく反響していた。

病院を出て、カフェで椎名と待ち合わせをした。病院の近くや椎名の自宅付近、事務所周辺も記者がいるかもしれない。そう思ったら自然と場所は僕の最寄り駅になった。

「……目が見えなくなる。そういう病気が、この世にはあるんだね、武先生」

テーブルを挟んだ僕の目の前で、椅子に深く腰掛けた椎名はそう言った。細長くため息を吐いた椎名の顔色には、僅かながら疲れが窺えた。僕には返す言葉が見つからなかった。

椎名が僕たちの関係について、結論を急かすようなことを言ったことに合点がいった。慎吾の目の病気を知って、僕が同情という形で慎吾を受け入れることを恐れたのだろう。

慎吾の目は色彩を判別できない。だが、僕の絵にだけ色彩を見ることができる。

慎吾の話を最初から信じることができたわけじゃない。それでも慎吾と出会った瞬間から、ひとつひとつ彼との思い出を辿れば、疑うようなことではないのは、なんとなくわかった。彼が僕の絵に執着した理由も、わかる気がする。

そのことだけでも考えることは山ほどあるのに、慎吾は近いうちに視力を失う。その事実が、僕の空洞になった頭の中を虚しく跳ね回っている。あまりにも現実味がなく、僕はなにか言おうとして「はは」と妙な笑いを零してしまった。

先ほどから、ちらちらと視線を寄越していた女性店員が、注文していたコーヒーをテーブルに運んで来て、椎名に握手を求めた。椎名はにっこりと笑みを浮かべてそれに応える。慎吾もそうだったが、椎名も変装の類をしないようだ。

彼女が頬を赤らめ、スキップしそうな勢いでカウンターの中に戻っていくのを見送って、椎名は言う。

「医者に話を聞いたところ、見えなくなるのは早ければ二、三年以内だそうだ。だがそれは明日や明後日かもしれない。慎吾の胸中を思うと、俺が変わってやりたいくらいだよ」

「僕にできることは、ないでしょうか」

僕の問いに、椎名は困ったような表情を浮かべ、「さてね」と言った。

彼はブラックのままのアイスコーヒーを一口飲んでから、はっと思い出したようにミルクとシュガーを足した。椎名はブラックが飲めないらしい。この椎名がそんなことも忘れるほど、今は余裕がないのかもしれない。

「あの、椎名さん。僕は、慎吾さんのこと好きなんですよ。これでも、ちゃんと」

「……！」

「でも、今日言えませんでした……」

僕が俯くと、口を開きかけた椎名は、結局なにも言わずに口を噤んだ。

僕にできることはない。僕は医者でも学者でもないし、ましてや魔法も使えない。そして、彼の苦悩をすべて理解することもきっとできない。

「……言えませんでした……」

どうして彼が一番辛いときに、僕にはしてあげられることがなにもないのだろう。それがあまりにも不甲斐なくて、悔しくて、好きだなんて言えなかった。

――もう、会わない。

慎吾が囁いた短い言葉が耳元に蘇るたび、僕は唇を噛んだ。


沈んだ気持ちのまま椎名と別れ、帰路に着いた。慎吾が退院する際は連絡をくれると彼は言ったが、慎吾が会ってくれるのかどうかはわからない。

会わないと言った慎吾の気持ちを汲むことができないほど、僕も子どもじゃない。目が見えなくなるということは、彼にとって大きな引け目だ。僕に迷惑をかける、重荷になると思ったに違いない。だから彼は、わざと突き放すような言い方をしたのだろう。

彼は僕と身体の関係を持とうとしていた。確かにそれも事実だ。でも結局彼は僕に縋ることができなかった。それは彼の強さであり弱さであると思った。いっそ僕の優柔不断で、根性なしの弱い心に付け込んでくれるような、悪い男であればいいのに。

自宅の前まで来ると、ドアの前に若い男がしゃがみ込んで煙草をふかしているのが見えた。見覚えのあるその男は、慎吾の同居人のフクオだった。出張帰りなのか、あの夜に持っていた荷物を抱えている。

「よぉ、先生」

にやりと意地悪な笑みを浮かべ、フクオは煙草を足元でもみ消すと立ち上がった。

「フクオさん、どうしてここに？」

彼に対して良い印象はない。嫌な目にも遭わされている。つい、そう尋ねた声には険が混じってしまった。

「先生ってこの辺じゃ有名人なんだな。慎吾からは自由が丘だってことしか聞いてなかったんだけど、駅で人に家を尋ねたら案外あっさり見つかった。まぁとりあえず中に入れて。茶でも出してよ」

「お断りします。あなた僕になにをしたか忘れたんですか？」

「なんだよケチくせぇな。……なんてのはまぁ冗談だよ。俺これからまた仕事なんだ」

「慎吾さんのところには行ったんですか？」

「行かねーよ。ちょっと怪我したくれぇだろ。ニュースで見たよ」

「そうじゃなくて……っ」

フクオに心は許せないが、彼は慎吾の友人だ。知るべき大事なことがある。言いかけたが、僕から伝えるのも変な気がして、口を噤んだ。フクオは眉をひそめる。

「……わかったよ、仕事が終わったら行くよ」

そう言ったフクオは、持っていた鞄から一通の封筒を取り出し、差し出してくる。

「これは？」

「俺、ここへはこれを渡しに来ただけだから。出張先で知り合った人に、Lioline の慎吾と親しいって話したら、渡すように頼まれた手紙だよ」

慎吾へのファンレターなら、直接渡せばいいのに。そう思いながらも受け取ると、白く色気のない封筒には、確かに『武太一郎様』と書かれている。急いで書いたのか、文字は走り書きだ。

「これを、僕に渡すためにわざわざ……？」

「男からの手紙だぜ。慎吾に頼むと、あいつは妬いて捨てたり隠したり、勝手に読んだりするに決まってる。俺と同じで性格悪いし、それに独占欲も強いタイプだ」

「…………」

そんなふうに気遣い、ひと手間かける人物だとは思っていなかった。僕が真意をはかりかねて、じっと見つめると、フクオはばつが悪そうに頭を掻いた。

「上手くいって欲しくねぇわけじゃねぇんだ。俺、一応あいつの友達だからな」

友達の恋や夢を応援するのは当然だ。フクオは少し照れくさそうに言った。

僕は再度封筒に視線を落とす。少し癖のあるその文字には、見覚えがあった。どくん、と心臓が大きく音を立てた。慎吾の歌声に感じる、胸のときめきとは違う。

「……フクオさん。やっぱり、お茶でも飲んで行かれませんか？」

今まさに立ち去ろうとしたフクオに言うと、驚いたのか、彼は一瞬口を噤んだ。

「俺、先生にエッチなことするかもよ？」

「……慎吾さんの友達なんでしょう？」

フクオは観念したように両手を上げて見せた。

6

「この、馬鹿野郎の、スットコドッコイが！」

今まで使ったこともないくせに、椎名はそんな単語を吐いて俺の頬を拳で打った。この帰国子女は、一体その単語をどこで覚えたんだろう。

もう会わない。武にそう告げたことを話した矢先だった。

俺は椎名に打たれた頬を押さえた。じんと痛むのに、心は空っぽで、痛みによる怒りは沸いてこなかった。

そのあとの椎名はありとあらゆる暴言をヒステリックに撒き散らし、最後には「見損なった」と吐き捨てた。その日は退院後初めてのミーティングだったが、ろくな話し合いもできないままお開きとなった。

下北沢にある自宅に戻ることは許されなかった。セキュリティーが甘すぎるせいだ。俺は事務所が管理している渋谷のマンションの一室に押し込められた。

今までは練習をするのにスタジオに通っていたが、ほとんどなにもないホテルのような広めのワンルームに、練習用のドラムが置かれたことで、外に出る用事が極端に減ってしまった。極力人目につかないよう、部屋にいろという事務所からの無言の圧力に思えた。

怪我は全快していたが、その日のミーティングのあと、俺の身体を心配した川久保がマンションまで車で送ってくれた。

「椎名はああ言ったけど、俺は少し安心した」

俺が車を降りるとき、川久保はそう言った。椎名はたぶん俺と武のことも音楽と同じくらい重要だと考えている。だからあれだけ怒ったのだろう。

「ああ、川久保は、嫌いだもんな。ホモとか」

自嘲混じりに言うと、川久保は真剣な面持ちで「そうじゃない」と低く言った。

「それでもお前が、歌を止めると言わないことに、安心したんだ」

「は……？」

俺は変わった。川久保が言いたいのはそういうことだろう。ひどく優しい声色でそう言われ、

「半年前のお前は、歌が上手いただの学生だった。でももう、アーティストなんだな」

俺は唖然としてしまった。

武と出会う前の俺だったら、今ごろ自暴自棄になって塞ぎ込んでいたに違いない。表舞台に立ち続け、歌を歌い続けることから逃げただろう。

俺はまだドラムが叩けるし、歌も歌える。目が見えなくなったって、きっとそうだ。卑屈だった俺を、武の存在がそう塗り変えていった。

与えられた部屋は、まだ真新しい匂いが充満している。素っ気ない部屋に帰り着くと、武の作る食事の匂いや、美術室に似たアトリエの匂いを思い出した。武の朗らかな声が、優しく自分を

呼ぶ声が、耳の中でこだまする。

玄関で靴を脱ぎ、三歩歩いたころにはもう脱力していた。その場に蹲(うずくま)り、膝を抱えて目を瞑(つむ)った。蘇るのは、武の描く鮮やかな色だ。赤に突き動かされ、青に荒(すさ)んだ心を癒(いや)され、黄色が、疲れ切った身体に力を吹き込んでくれた。

武のアトリエの合鍵が、ポケットの中の小銭(こぜに)と擦れてカチャリと音を立てた。この合鍵を捨てることも返すこともできないくせに、なにがもう会わないだ。目を瞑ったって、武を好きな気持ちまで見失うわけじゃない。

それでも本当に目が見えなくなったときのことを思うと、今まで通りではいられなかった。武は優しく、面倒見が良い。俺に同情するだろう。俺の存在はきっと彼の人生をおかしくする。そして俺は、そんな自分自身のことを許せるような気がしなかった。

武が見舞いに来てくれたあの日から、もう何日経っただろうと指折り数えると、もう十二日が経過(けいか)している。外はもうすっかり真夏の気温だ。

武からの連絡はなく、当然俺も連絡していない。だがこれでいいのだと思った。少し時間はかかるかもしれないが、武はじきに俺のことを忘れていくだろう。俺だけが覚えていればいい。しつこく強引に外へと引っ張り出そうとする男はいなくなる。いつも通りの生活に戻って、好きなお絵かき教室の先生をしながら穏やかに過ごしたほうがいい。

部屋では特にすることも思い浮かばず、ベッドに横たわった。今はまだドラムを叩く気にもならない。しばしぼんやりとしたあと、なんとなくテレビをつけた。

その瞬間、呆然とその場から動けなくなる。武の、高い鼻梁の横顔が、突如としてテレビ画面の中央に映し出されたのだ。最初は、武を想う気持ちが見せる夢か幻覚かと思った。風景は武のアトリエだった。

夕方のワイドショーだ。画面の隅に『話題のイラストレーターに迫る！』と明るいタイトルが躍っていた。俺が呆けている間に、ナレーションが武の紹介を始める。

『今年の音楽祭PERFECT SPRINGのポスター、そして今話題のLiolineのニューアルバムのジャケットイラストを手掛けた、武太一郎さんは――……』

建築家の父や作曲家の弟の紹介もなされ、華々しく誇張された経歴とともに、見慣れた作業用のエプロンを身につけて、大きなキャンバスに向かう姿や、背中を丸めてテーブルに向かい、細やかなイラストを黙々と描く姿が次々と映し出された。生徒の子どもたちと戯れる姿もだ。

それだけじゃない。緊張気味の武は、女性アナウンサーのインタビューに細々と受け答えをしていた。

「武先生……」

衝撃だった。どういうことだ、と答えの出ない疑問が頭の中をぐるぐると回った。

あんなにも表舞台を恐れ、仕事を断り続け、ちょっとした雑誌の特集取材だって断っていた武が、こんなテレビの取材に応じるわけがない。なにかあったんじゃないのか――。

そんな不安が湧き上がったとき、画面が切り替わり、見たことのない武の作品が映し出された。痛いほどの輝きが目を刺激した。画面越しでもわかる。それは武の〝新しい〟絵だ。

『ロマンチックなイラストですね。こちらは来月発売のデザイン情報誌の中でも取り上げられる予定となっていて――……』

なにがロマンチックだ、チープな表現しやがって。俺は心の中でアナウンサーを罵倒した。

深い藍色の海の絵だった。揺蕩う魚は鱗の一枚一枚を月光に煌めかせている。武の穏やかで優しく、包み込まれそうな、今までの作品とは違う。静かに見えて、それは燃えるような生命の血潮を迸らせ、銀の粉を噴き上げていた。目を開けていられないような情熱が注ぎ込まれ、魂を削り出して初めて生まれる、それは命そのものだった。

武は前に進んだのだと思った。

呆然とテレビを見つめながら、そのことが胸に突き刺さった。

俺は未来を恐れている。そう遠くないうちに、目が見えなくなるからだ。だが今の武は、臆病で、控えめだったはずの自分を捨て、俺が恐れる未来に立ち向かっているように見えた。

「……嫌だ」

呟いた声が、虚しく部屋に響いた。

俺を置いて行かないでくれ。

ベッドの上から慌てて飛び降り、スニーカーに足を突っ込む。部屋を飛び出し、渋谷駅に向かって走り出した。

夕方の生温くべたつく空気をかき分けて走る。すれ違う若い女が「あ」という顔をして俺を凝視する。それを振り切って進みながら、ああ、俺はまた武の絵に突き動かされたのだと思った。

武のアトリエの鍵を開け、息を切らして二階へと駆け上がった。

居間に灯りはついていたが、誰もいないかのように静かだった。ソファーの背に武の腕が引っかかっているのを見つけ駆け寄ると、武はソファーに身を投げ出して眠っていた。平日の十九時、教室が終わってすぐにここで寝てしまったというふうに見えた。

「先生……」

どうして……という呟きは、部屋を見渡したら出てこなくなった。いつも綺麗に片付いていたはずのそこは散らかっていた。絵が走り描きされた大量の紙が、床やテーブルの上に乱雑に重ねられ散らばっている。壁一面もそうだ。マスキングテープで紙が何枚も何枚も貼り重ねられている。

ローテーブルの上は画材が散らばり、目を開けていられないほどの黄金で輝いていた。噴水のように光を噴き出しているように見えた。武が、また新しい絵を描いているのだ。

それを覗き込もうと一歩踏み出すと、ぎいと床が軋んだ。その拍子に、ぱっと武が目を覚ます。武の目は人影に驚き見開かれたが、それが俺だとわかるとほっと息をついた。

「慎吾さん……」

俺の名を呼んだ武の声は乾いていた。灰色の視界でだってわかる、武の顔色は悪く、目の下にクマがあった。

「先生、これはいったい、どういうことなんだ……」

「仕事を、受けているんです」

「え……?」

部屋中に散らばる紙を拾い集めれば、そこに描かれた絵のテイストはすべて異なっている。写実的なものから、抽象的なもの、可愛らしいイラストまで様々だ。これらすべて、あれだけ拒絶していた仕事のラフらしい。

「おかしいですか?」

一度は身体を起こした武は、ぼすっと脱力したようにソファーの背に凭れて座った。武はもともと痩せていたが、会っていないたった数日の間に、さらに痩せているように見えた。身体が薄くなり、その肉体に活気を感じない。あれだけきっちりと摂っていたバランスのいい食事も、おそらく蔑ろにされているに違いなかった。

「あんた、やつれたな」

「……忙しくて」

仕事の依頼を受けても、武が教室のコマ数を減らしたり、授業内容をおろそかにするとも思えない。そして武の生み出す新しい作品は、過去のもの以上に色鮮やかで生気に溢れている。手抜きを知らない性格では、体力を消耗するのも当たり前だ。

「先生、いったいどうしたってんだ。テレビの取材も驚いた。性に合わないこととして、あんたこのままじゃぶっ倒れるぞ」

「……仕方ないじゃないですか」

そう呟いた武は、ソファーの隅で立てた膝に顔を埋め、小さくなった。そうしていると、武の長身が小さくなって、そのまま消えてしまいそうな気さえする。

「あなたにもう会わないと言われたら、僕にできることはこれくらいです」

「どういう意味？　まさかあてつけじゃないよな、したくもねぇ仕事受けて……」

武はぱっと顔を上げた。俺を見上げた目は、険しい。人を睨み慣れていない表情だった。

「慎吾さん、あなた、僕の色が見えるんでしょう？　今もまだ、見えますよね？」

「……ああ、まぁ」

「それに、あのライブのステージで、目が見えなくなったとき、僕の星は見えたんですよね？　だから落ちたんでしょう？」

「それがなんだ！」

要領を得ない武の質問に痺れを切らし、つい語気が荒くなる。

「僕には、あなたのためにできることが、これくらいしかないんです！」

武が乾いた声を精一杯に張って言った。

「目が見えなくなったって、僕の色は見えるんでしょう……？」

「先生、なに言って……」

「僕が、あなたの世界を真っ暗闇にはしません」

必死に訴える武を呆然と見つめながら、そんな夢みたいな話が現実になるわけない。そう思ったが、言葉にはならなかった。そうかもしれない。いや、そうであって欲しいと思ったからだ。確証はない。それでも、今までのことを考えると〝そう〟なったっておかしくない。武はまだ諦めていないのだと思った。

武により多くの仕事をしてもらって、世界中に武の絵が溢れたら、俺の退屈だった灰色の世界はきっと鮮やかに生き返る――。

「たくさん描きますから！　たくさん仕事して、たくさん僕の絵が外に溢れればいいんです。僕頑張りますから、早く、早くあなたの世界を、色でいっぱいにしますから！」

そう叫んだ武の睫毛が濡れて光った。苦しいくせに、つらいくせに。魂を削りながら作品を生み出すことが、楽なわけがない。

テレビに出たのも、父や弟との繋がりを公表したのも、より多彩な仕事の依頼を受けるためだ。武は本気だ。本気で外の世界を自分の色で埋めようとしている。俺を、暗闇から引き戻すために。

「先生、だからって、どうして、ここまで……」

俺を見上げた武の下瞼から、涙の粒が零れた。その雫には、武の鮮やかな色が映り込んでいる。綺麗な色だ。頭のどこか遠い部分でそう思った。

「………」

その色をもっと近くで見たくて、俺は武の隣に膝をついた。肩に触れ、顔を覗き込むと、武はゆっくりと膝立ちの俺の腰に腕を回した。胸に額を押し付けられ、抱きつかれているとわかるのにしばし時間を要した。

混乱していて、頭が回らない。俺の脳みそは今、自分に都合のいい解釈をしようとしている。

「慎吾さん、椎名さんに聞きました。あなたたちアーティストは、喜びと悲しみの分だけ、いい歌を歌えるって……」

「ちょっと、先生……?」

「喜びで、歌ってください。僕が、たくさんあげますから」

武はほとんど呟くようにそう言った。見えなくなる恐怖、武を失う悲しみ。俺だって本当は、そんな感情で歌を歌いたくなんかない。

堪えきれずに武のうなじに触れ、柔らかな髪をくすぐる。武は猫が甘えるように俺の胸にこめかみを擦り付けてきた。

心臓がドクドクと鳴り、喉が渇いて背筋がぶるりと震えた。武の肩に触れた手に力を込めたのは、引き剝がすためじゃない。

そのままその身体をソファーに押し倒した。疲弊している彼の身体は簡単に倒れた。覆い被さっても、抗う様子はない。武は真っ直ぐに俺を見上げ、唇を震わせた。

「慎吾さん、僕のこと、まだ好きですか?」

好きだ、好き。叫ぼうとして開いた口は、ぱくぱくと動くだけで、声が出てこない。

けれど、涙目の武はようやく照れたように笑った。

「僕も好きです」

朗らかに響く、武の優しい声に全身が痺れる。

好きだと言った。俺を好きだと。武が。

「慎吾さん、眠るのが怖いのなら、これからは眠る瞬間も目覚める瞬間も、僕のそばにいて……」

武の不格好な指先が俺の頬に触れ、包み込んでくる。

「もう会わないなんて、言わないで……」

そのまま引き寄せられ、慈しむように俺の瞼の上にキスが届いた。

「せ、んせ……」

カッコ悪いくらいに、俺の声は震えた。

「武先生、俺の目は見えなくなる……」

「はい」

「きっと不便だ。迷惑をかける。もともと俺はなにもできないし、ワガママで短気だ。きっと煩わしいだろう」

「はい、知ってます」

そう言った武は笑って、俺の髪をくしゃりと掻き乱した。

もう会わないと自分勝手なことを言ったのに、武はそれでもできる限りのことをしてくれた。

こうしてそばにいられるなら、俺も彼のために、なんだってやれる気がした。

「でもね、慎吾さん。自分で言うのもなんですが、僕、尽くすタイプだと思いますよ」

「――っ」

込み上げる愛しさに、心臓が打ち震える。武の頬に恐る恐る触れた。その温かな頬に、色が宿る。少し日に焼けた、そばかすのあるオレンジの頬。

「あなたが歌ってくれるなら、僕はいくらでも描きます」

そうやって支え合うのだ。俺たちはたぶん、そういうふうにできている。

「……先生、キスしてもいい……？」

親指の腹で武の少し乾いた唇に触れる。そこはきっと、ほんのりと赤い。

武はなにも言わない代わりに、目を閉じて見せた。

「……っ」

濡れた目尻を指先でそっと拭ってから、ゆっくりと唇を触れ合わせ、唇を食んで濡らした。柔らかく温かな感触に、胸が熱くなる。

「ん……」

ほっと息をついた武の口が開く。その間に舌を差し込むと、武の方から舌を絡めてきた。背筋に痺れが駆け上がり、じんと下半身が疼く。

「ん、は……っ」

武の頭を抱え込み、夢中でその唇を貪った。

熱い舌を絡ませ合い、根元からきつく吸うと、武の喉の奥が「んん」と悩ましげな呻き声を上げる。二人ぶんの唾液を飲み込み、武の喉仏が上下するのを見て、頭がどうにかなりそうだった。

彼の服をたくし上げ、以前よりも痩せた腹を露わにした。脇腹に掌を滑らせると、武の身体はびくりと震えた。拒絶じゃない。その証拠に、武は俺の唇に夢中だ。俺の首に両腕が回り、引き寄せられ、彼の方から吸い上げてくる。

細い肢体をあやすように撫でてから、胸の突起を摘み、擦ると「や…」とキスの合間に声が漏れ聞こえた。

「嫌？　それとも、恥ずかしいだけ？」

唇をほんの少し離して尋ねると、武は熱っぽい視線で俺を見つめるだけで答えない。でも視界がぼやけるほどの距離で見た武の潤んだ目が、嫌じゃないと証明している。その瞳に映った自分の顔が、欲望丸出しの獣のように見えて、思わず苦笑した。

指で弄っていた胸にキスを落とし、突起に舌を這わせると、次第にそこはつんと立ち上がり、固くなっていく。そのまま乳首を嬲り、じゅっと濡れた音を立てて吸うと、武は「ふっ」と息を詰めた。彼の背が弓なりに反らされ、皮膚の下に肋骨の凹凸が浮き上がる。

「気持ちいいの？」

そんな意地悪な質問をすると、声が漏れるのが恥ずかしいのか、口元を押さえたままの武が、こくこくと必死に頷いた。

「……あ、の、電気、は……」

震えるか細い声で、武がそう言った。

「電気を消したら、先生が見えない」

「見えたら嫌だから言ったんです、けど」

「俺は見たい」

いつ俺の目は見えなくなるともわからない。さすがにそこまで口にしなかったが、武はぎゅうっと目を瞑り、抵抗はしなかった。

細い腰骨を摑み引き寄せ、彼のジーンズのフロントに手をかける。下着の中央はすでに膨らんでいる。下着越しに性器に触れると、武の下腹部がびくびくと震えた。反応は過ぎるほど敏感だ。

「し、慎吾さん。あの、僕、すみません」

「なにが?」

「もう、早く、脱がせて、触って……」

「……は?」

顔をぼうっと上気させた武が、眉尻を下げて言う。もちろんそのつもりだったが、武のイメージとはかけ離れた、予想外のセリフに一瞬固まってしまった。

「な、なんか、き、きちゃってるんです。その、波? みたいな……?」

そう言った武は腕で顔を隠してしまった。俺に摑まれた腰はもどかしげに揺れ、膝をもじもじと擦り合わせていた。長い脚からジーンズを抜き去り、下着を捲れば、確かに武の屹立は張りつめ、すでに蜜を零している。

彼の片方の足をソファーの背にひっかけ、脚の間に身体を押し入れた。再度覆い被さり、屹立をそっと撫で上げると、武の顔や胸がぼっと一気に染まった。たぶんだが、赤く。

「あっ、あっ……」

顔を隠す腕を取り、ソファーに押さえつけると、武は顔を横に背ける。ぎゅっと目を瞑り、荒く息を吐く口の端からはだらしなく涎が垂れている。棹全体を握り込み扱くと、大げさなくらい腰が跳ねるのが面白い。

「あっ、あっ、慎吾さん、そんなにしたら、い、いっちゃいます、から……っ」

「いいよ、いっても」

「か、顔見ないで……っ、あっ、や、や……！」

「可愛い、先生」

耳元でそう囁き、耳の裏にも舌を這わせる。すると武は息を詰まらせ身体を強張らせた。両足が俺の身体をぎゅっと挟み、ほどなくして俺の手の内に精が吐き出される。

武の言う〝波〟のせいとはいえ、早い。普段から清廉潔白なその身体は、慣れていない分、快楽に弱いのかもしれない。

「は、は、……っ」

武は三秒ほどぼんやりと天井を見上げていたが、やがてはっと気が付いたように手近にあったクッションを掴み、顔を隠してしまった。

「ご、ごめんなさい。僕だけ……」

顔だけ隠されても、いつぞやキスマークを残した腹に精液の散ったさまはなんとも煽情的だ。それに、改めて見下ろした武の身体は細く綺麗だった。フクオの言う腹筋も良いが、少し痩せてしまった今でも、ジョギングを欠かさない脚が特に良い。それを無防備に晒しているのだから、相変わらず武はどこか少し抜けている。

「いいよ、そうしてて」

クッションはまぁ、またあとで奪い取ればいいだろう。

ちゅ、ちゅ、と音を立てて胸や腹にキスを落としていき、俺はまた武のヘソの近くの皮膚を一際強く吸った。

そうしながら、武の吐き出したもので濡れた手を彼の脚の間に滑らせると、「ひっ」と武が悲鳴を上げる。そのまま後ろの窄まりに指の腹を当て、ぐっと力を込めると、武がクッションの下で息を呑むのがわかった。

武に考える時間を与えないまま先へ進もう。これ以上は俺が我慢できそうになかった。

「先生、楽にしててくれよ」

「ん、う」

震える薄い腹筋を撫で、濡れた指をそこへ押し込む。武の長い脚がびくっ、びくっと跳ねるのを見ながら、きつい入口を抜け、奥に指をもぐり込ませた。

柔らかく湿った内側は、きゅうっと俺の指を優しく包み締め付けてくる。ぐちゅ、と鳴る音に頭に血が上るのがわかる。けれど、獣のように襲いかかり、思う存分貪りつくしたい衝動をぐっと抑えつけた。

「先生、今、どんな感じ？　痛くない？」

傷つけたいわけじゃないのだ。はっ、はっ、と短く息を乱し始めた武に問うと、武はくぐもった声で答える。

「はい、あの、あ……っ。その、変な感じです。あ、熱くて、中が……っ。まだ、駄目ですか?」

「うん?」

「慎吾さん、まだ、入らないですか」

　クッションを胸までずらし、顔を半分だけ出した武は、泣きそうな表情でそう言った。長く続くほど恥ずかしいのかもしれないが、残念ながら処女の蕾はそう容易く柔らかくはならない。

「早く、早く、慎吾さん……。そんな、冷静にされていると、変になっちゃいそうです」

「我慢して。もうちょっとだから、力抜いて……」

　俺ができるだけ優しく宥めると、武は脚を震わせながら「はい」と短く返事をし、息を逃がす。クッションを掴んだ指は真っ白になるほど強く力が入っていた。

　冷静に見えるなら、無理してる甲斐がある。もう俺の性器はパンツの中で馬鹿みたいに勃起している。背中には汗をびっしりかいているし、吐く息が荒くなるのを必死で堪えていた。ただでさえ八つも年下なのだ、がっついていると思われるのは癪だった。

　聞き及んだくらいの知識しかないが、武の良いところを探し、指を動かす。指を締め付ける強さに、言わないだけで苦しさはあるだろうと思うと、つい焦ってしまいそうになる。

　せめて気を逸らせるために性器をゆるゆると刺激してやると、息を詰め恥ずかしさに耐える表情がまた堪らなかった。

「あ……っ!」

　中のなんとなく膨らんでいるような箇所をぐっと押すと、苦しいのか気持ちいいのか、中間くらいの声が漏れた。ようやく当たったたかもしれない。

「し、慎吾さ、そこ、ビリビリする……っ」

身体の反応についていけなくなったのか、武は舌足らずにそんなことを口にした。ボロボロの身体でこんなことをしているのだ、理性がぐちゃぐちゃになってどこかへ行ったっておかしくはない。

「あっ、ああ……っ」

指を増やし立て続けにそのポイントを責めると、武は身体を捩り、ぽろぽろと涙を零した。けれどいやらしい喘ぎ声が漏れ、だらだらと涎が頬を伝っている。

「あっ、ああっ、そこ、そこ、駄目です、駄目……っ」

「駄目？」

「はいっ、気持ちいい……から、駄目……っ、あっ、あ……っ」

もっと生娘のように恥ずかしがって抵抗され、なにもできないのではないかという危惧もあったが、武は快感に素直だった。

彼の細腰はじれったそうに揺れ、一度果てた性器はまたも勃ち上がって蜜を零している。それがソファーを汚し、武の絵が散らばるこの部屋の、こんなところでいやらしい行為に及んでいることに、少しの罪悪感を覚えた。

武の脚を担ぎ上げ、クッションを更に下にずらす。ぐずぐずの顔を覗き込んでキスをすると、俺の指を咥えこんだ後ろがきゅんと締まる。

「先生……」

好きだという想いを込めてそう囁き、耳の下から顎の輪郭にかけて舌を這わせると、武の熱い息が俺の耳元で弾ける。武は俺の腹に性器を擦りつけるように腰を寄せてきて、善がり悶えていた。普段の禁欲的で初心な姿が嘘のような、淫乱な腰つきに喉が鳴る。

汗で額に張り付いた武の髪を掻き上げ、後ろの指を引き抜くと「あ……」と色っぽい喘ぎが聞けた。武の表情はもう熱に緩んでいる。そんな恥ずかしい声を自分が上げていることに気付いていないだろう。

「んん……っ」

再度唇を合わせ、舌を絡め合いながら、俺はようやくパンツのフロントを開いた。ちらりと視線をやると、腹につきそうなほど立ち上がり張りつめ、先端から涎を垂らしている。

「は、……っ」

切っ先を濡れた窄まりに宛がい、擦り付けると武が息を吐く。それを見計らって、ぐっと腰を押し進めた。クッションをきつく抱いた武は、「あぁっ」と声を漏らしたが、痛いとは言わなかった。

「先生、悪い、さすがにきついよな……」

「いえ、大丈夫です、……もっと、来て」

「でも」

眉根を寄せた悩ましい表情に思わず躊躇したが、武の脚が俺の腰に絡まり、踵が俺の背中を擦った。やめないで、ともう一度囁かれる。

ぎゅっと絡みついてくるきつい肉をかき分け、震える武の腰をあやすように摩る。武の胸は大きく上下し、下半身の力を抜く代わりに俺の肩をきつく摑んだ。

「は――……っ」

数分をかけ、武の反応を見ながらゆっくりと押し込んでいき、ようやくすべてを中に収めると、思わず息をついた。

いい、すごく。自分の腰が武の尻にぶつかったとき、そんな単純な感想しか浮かんでこなかった。中は溶けそうなほど熱く、深くて終わりがない。

少しきついが、その締め付けがなんともいえない快感を呼び起こす。互いに男同士での行為は初めてのはずだが、武の中と俺の形がぴったりと嵌ったのがわかった。初めから、こうなることが決まっていたみたいに。

「う、は……っ」

武はぴんと背筋を伸ばし、苦しげに短い呼吸を繰り返す。脚の爪先は丸まっており、強張っていた。それと同時に、俺を咥えこんだ内部がぐにゅりと蠢く。それはお預けをくらい続けていた俺の性器には強すぎるほどの刺激で、眼球の裏がチカチカとスパークする。

「……っ、先生、平気？　もう動いてもいい？」

さすがにもう限界だ。無理ならそう言ってくれないと、中断できなくなる。

「あ……っ、待って……っ」

武はか細い声でそう言った。縋る場所を求めて武の左手がふらふらと宙を彷徨い、やがて俺を捕まえ損ねてソファーの背を摑む。それから、武は肢体をうねらせ、もっと奥に欲しいと言わんばかりにぐりぐりと腰を押し付けてくる。

「あ、や……っ、だ、駄目」

「駄目って、先生、自分で……」

腰を振ってる。俺だけが相性が良いと感じているわけではないらしい。ただ挿入しただけで武のいいところを掠めているのだろう。

そんなことにニヤけているうちに、突如武の細長い肢体が、伸びやかに反り返った。

「ん、ン――……ッ」

ぎゅうっと内壁が強く収縮したかと思えば、武は内腿を震わせてまたも達してしまった。

「………っ」

驚いて言葉に詰まる。挿入したあと、ろくに動いてもいないのに、武は再び射精した。前は弄っていない。後ろの刺激だけで達したのだ。

不意打ちだったので、対処できなかった。武の性器が震えながら平たい腹に涙をぽたぽたと零すのを、俺は黙って見守った。

「はぁ、はぁ……」

朦朧としたままの武が、俺を見上げる。涙に濡れたその目は、うっとりと蕩けていた。

「――……！」

そんな表情を見せつけられ、俺の理性はあっという間に崩壊した。甘い余韻に浸った身体を、ひと思いに強く貫く。魚のようにびくっと跳ね上がった武の身体が、反射で俺を拒絶しようとするが、構わずに最奥まで突き進む。

「あっ、待って、あかん、今、いったばっかり……やからっ、あっ、や……っ！」

逃げるようにずり上がった身体を、強引に引き戻してさらに深く身体を繋げた。

こんな姿を見せられて、制止の声は聞けるはずがない。抱いているのは俺のほうなのに、身体を好きにされた気分だった。聞き慣れない関西なまりが、なおも俺を煽っているように聞こえる。

「あああっ、ああっ！」

両足を担ぎ、腰を摑んで上げさせ、上から突き立てるように犯した。達したばかりで敏感になった身体を持て余し、悲鳴のような嬌声を上げながらも、内部は処女とは思えない動きで俺を受け入れる。押し込めば歓喜に震え、抜こうとすれば追い縋られる。

「や、あっ、ああっ、アッ、ア……ッ！」

「く……っ」

容赦なく前立腺を責めると、ほとんどイキっぱなしの武の身体は、俺に揺さぶられるがままになる。抱きしめていたクッションが床に落ち、現れた胸に口づけを落とした。乳首を甘く舌で嬲ると、更に内部は俺の性器を柔らかく噛む。

「ああ、もう、先生、あんたって人は！」

わけもわからず、とにかく文句が言いたかった。

自分の腰使いに、相手の快楽を引き出すような技巧はない。激しく突き上げるだけで精一杯だ、ほかにはなにも考えられなかった。

「あっ、ああっ、慎吾、慎吾さん——……っ!」

武が俺の肩に触れ、抱き寄せられると挿入の角度が変わる。それがまた良かったのか、武は俺の背に短い爪をわずかに立てた。

「き、キス、してください……っ」

要求どおりに、俺よりも身長の高い武の身体を折り曲げ、唇同士を触れ合わせる。動きづらさを感じるくらいに武の腕が俺の背をきつく抱きしめても、内部を打つ腰は止まらない。激しく突き上げながら、子どもっぽい下手くそなキスで口内を貪り合い、すぐそこまで来ている高みを目指した。

「あっ、ああッ、い、いく、また……っ」

キスの合間に、武のひっくり返った声がか細く叫ぶ。

「ああ、ちくしょう。ふざけんな」

もう本当に〝見えている〟気がする。武の顔は耳や首まで上気し、汗と涙に塗れた髪や睫毛は艶やかな黒で光り、濡れた唇はキスのせいでぽってりと赤く腫れている。そんな色っぽい色がだ。

吐く息や、透明のはずの涙にさえ色があるような気がした。乱れる彼の美しさに、この先一生、俺は彼の虜になるのだと確信した。

「ふっ」

短く息を吐き、音を立てて入口まで引き抜く。それから彼の身体を、壊してしまいそうな物騒(ぶっそう)な力強さで、一際強く突き上げた。

「ひっ、あっ、あっ、あっ、――ッ！」

それと同時に武の身体は痙攣(けいれん)し、三度目の精を二人の身体の間で撒き散らす。目が眩(くら)むような収縮を武の内部が生み出し、俺は猫の背伸びのように身体をしならせ射精した。武はぎゅっと唇を噛み、息を詰めたまま、身体の奥深い壁に精を放たれ、流し込まれるのを感じ取ったようだった。

「………っ」

どっと噴き出た汗が、ぽたぽたと武の身体の上に落ち、白い精液と混じり合う。

俺たちは優しく唇を触れ合わせ、言葉なく見つめ合った。身体を重ねたまま、しばらく甘い余韻に浸った。

「動けません……」

ソファーから起き上がろうとした武は、悲愴(ひそう)な面持ちでそう言った。思えばめちゃくちゃなセックスだった。もう少し大人らしい、しっとりとしたものを予想していただけにだ。

「半分くらいは、先生の自業自得だと思うけどな、俺は」

「嘘！　慎吾さんのせいですよ！」

「そう言われんのは男冥利(みょうり)に尽きるけどね」

顔を耳まで色濃く染めて、ぐっと言葉に詰まった武を、俺は笑ってやった。

よろよろと足元の覚束(おぼつか)ない武に肩を貸し、浴室へと向かった。一緒にシャワーを浴びる必要はないかと思ったが、武が自分の内腿に伝った俺の精液を見て、表情を凍りつかせたのを目の当たりにすると、なんだか武をひとりにさせるのはひどく心もとない気がした。

脱衣所で申し訳程度に引っかかっている武のシャツを剝(は)ぎ、逆にほとんど身につけたままの自分の服を脱ぐと、武の視線が身体に注がれるのがわかった。

半ば担ぐようにして武を浴室の中に入れ、壁に背中を凭れさせる。冷たさに肩を竦める武の身体にお湯がかかるように、シャワーを固定した。

「なに、惚れ直した?」

「え……?」

「さっきからすげぇ見てる。俺の身体」

正面から向き合い、シャワーの雨に打たれながらそう尋ねると、武はぱっと視線を逸らし、「すみません」と慌てて言った。武がそんなふうに見てくれるなら、それなりに鍛(きた)えておいて正解だったと思う。

唇を軽く触れ合わせ、武の片足を持ち上げると、不安定な体勢に武が俺の肩を摑む。

「あ、あの、慎吾さん、僕はもう……」

無理ですよ、と泣きそうな声に言われた。武の膝は笑っている。壁の支えがなければ立っていられないだろう。

「わかってるよ、安心して」

できるだけ優しく囁いて、もう片方の手で武の薄い尻に触れる。奥まった蕾に指を這わせると、入口が少し腫(は)れているのがわかった。

「………………」

俺がしようとしていることを理解したのか、武は腕を俺の首に巻きつけ、身体から力を抜いた。指を押し込むと、一瞬息を詰まらせた武が、「慎吾さん……」と小さく頼りない声で俺を呼び、より強く縋り付いてくる。

刺激しないよう努めていたが、中に吐き出したものを掻き出す間、武の身体はもう無理だと言った通り、反応を示すことはなかった。だが二人の腹の間で勃ち上がってしまった俺の性器を見ると、武はなにも言わずにそこに指を絡め、扱いてくれた。

「先生、いいよ。楽にしてて」

「いえ……」

無理にしてもらうこともないと思い、一度はそう言ったが、武は小さく首を横に振った。見るたびに特別な想いを寄せていた武の指に触れられては、もう長くは持たない。

熱いお湯の粒に打たれながら、特に言葉を交わすことはなかった。裸の胸を合わせているだけで充分で、目が合えば俺たちは何度もキスを繰り返した。

シャワーのあと、武を寝室に運びベッドに横たえると、武はすぐにうとうとし始めた。仕事に追われ、体力面でも精神面でも疲弊しきった彼の、そう若くない身体に鞭(むち)打ったのだ。今夜は深い眠りにつくことだろう。

　隣に腰掛けると、武は眠そうな目で俺を見上げ、優しく笑った。柔らかな髪を撫でてやる視界の隅で、ふとベッドサイドの棚に置かれた、白い封筒が気になった。

『武太一郎様』

　癖のある字で走り書きされているのを見たとき、それが誰からの手紙なのか、なんとなく察しがついて、俺は少し怯んでしまった。

　学生時代、武の隣にいた〝友人〟からだろう。

「見てもいいですよ……」

　武は目を瞑ったまま、そう言った。とはいえさすがに躊躇した。ベッドの上で、武の左手がそっと俺の右手に触れてくる。指を絡ませ合うと、胸が暖かくなった。安心していいと言われている気がした。

「フクオさんが届けてくれたんです」

「フクオが？」

「出張先で、〝彼〟とたまたま飲んだそうです。彼は、Lioline のアルバムの絵をテレビで見て、すぐに僕の絵だとわかったと。それで、その封筒を」

「ふうん……」

「今まで、僕に悪くて連絡できなかったそうです。でも……」

　武はそこまで言うと、それ以上なにも言わなくなった。眠りに落ちてしまったらしい。

意を決して、俺は封筒に手を伸ばした。

封筒には手紙は入っていなかった。入っていたのは、写真だ。そこには武と年頃の同じくらいの男が映っていた。周囲を子どもたちに囲まれ、カメラに向かってピースサインをしている。

写真の裏に、一言だけ書いてあった。

——武君。

俺は地元で家業を継ぎましたが、最近になって地域ボランティアで絵の教室を開くようになりました。ときどき絵の仕事をもらいながらね。俺の絵も、早く君の目に触れるといいな。

「はは！」

俺は思わず声に出して笑った。武はあどけない表情で眠ったままだ。

別々の道に分かれたくせに、なんだ、結局行き着く先は同じじゃないか。

——僕の絵は、人の夢を打ちのめす絵です。

武がいつか、悲痛な表情でそう叫んだのを覚えている。俺はこの友人のことは知らないし、二人の間にどんな出来事があったのか、聞くつもりもない。聞いたらきっと嫉妬してしまうからだ。

武の優しさに溢れた鮮やかな絵は、もしかしたら本当に、一度はこの友人を打ちのめしたのかもしれない。だが彼は、それでもちゃんと這い上がってきた。

そして、武の前から姿を消し、十一年もの間、連絡もなかったのに、それでも今ごろになってこうして手紙を書いたのは、その彼も奮い立ったからじゃないだろうか。美しく光る、武の絵を見て。

「先生……」

俺はそっと囁き、眠る武の額にキスを落とした。

今度は、前に進み始めた武の後姿を、きっと彼が追うのだろう。

俺はそんな恋人のことを、誇らしく思った。

武に新しい仕事の依頼が入ったのは、その数日後だった。

Liolineのツアーステージ中央を飾る、キービジュアルとなる絵を、急きょ描くことになったのだ。

それはLiolineを売り出そうとする事務所側の意向と、俺たちや武を話題にしたがるメディアとの共同企画だった。武の制作現場や、ライブに向けて準備をするLiolineにテレビ番組と雑誌の密着取材が入り、俺はあのライブの事故のことを公にして初めて話さなくてはならなくなる。きっと俺だけではなく、武にもつまらないインタビューが押し寄せるだろう。

「嫌なら無理をしなくていい。慎吾が嫌と言うなら、インタビューは断る」

椎名はそう言ってくれたが、俺は武が難色を示さない限りは構わなかった。

目のことは、こうして明るみに出てしまった限り、少なくともファンにはきちんと伝えるべきだろう。タイミングについても、どうせなら盛り上がっている今がいい。ＣＤが売れて、有名になって、あとは実力がきちんと認められれば、誰のどんな誹謗中傷も気にしないで歌えると思った。プレッシャーがあるくらいがちょうどいい。

武は相変わらず日々のお絵かき教室と、あらゆる仕事の原稿に追われているが、今回のツアーイラストの話はさして躊躇うことなく引き受けた。

「やってみたいことがあるんです」

武は笑顔でそう言った。

武の制作現場の撮影は、屋外だった。晴れた日の、森林公園の原っぱに取材陣が集められ、俺たちLiolineも仕事の合間を縫って現場に向かった。

原っぱには、武が用意させた大きな布が広げてあった。ステージの背景の絵は、スクリーンに映し出すわけでも、拡大プリントしたものを飾るわけでもないらしい。武は、カメラと照明に囲まれ、布に直接絵を描いていた。

布の上に裸足で乗り上げた武は、普段と変わらぬTシャツとジーンズ姿だった。服が汚れるのも構わず、大きなヘラで布を染めている。周囲には絵の具の入ったバケツがいくつも置いてあった。

中央にダイナミックに描かれているのは、大きな木だ。力強い幹や枝には水の脈動を感じる。青々とした葉の茂りは、繊細に折り重なって風に揺れているように見えた。

俺たちが乗り付けたワゴンの近くには、別のワゴンが停まっていた。武の生徒たちと思しき、小学校低学年くらいの児童が十人ほど、親に連れられて来ている。

最初は見学に来ているのだと思ったが、違った。武はその大木を大方（おおかた）描き終えると、生徒たちを呼んだ。

生徒たちは小さな手を武に差し出す。武はそこに筆を滑らせた。彼らの掌に、武の彩（いろど）りが宿る。赤、青、黄色、ピンク、オレンジ、水色。複雑な色もたくさんある。そのどれもが、明るいものばかりだ。

そして、武の色を掌に宿し、はしゃぐ子どもたちが、武が描いた大木の上に、その掌を押し当てた。

すると、次々と緑の木に色とりどりの星が実（みの）り始めた。スタンプのように、小さな手のひらをぺたぺたと押し付けるたび、星が瞬き光る。武は、子どもたちの掌に星を描いたのだ。

「――慎吾さん！」

遠巻きに様子を見ていた俺たちを振り返り、武が俺を呼んだ。

生徒の母親たちが俺たちに気付き、視線を寄越してくるが、椎名がにっこりと笑みを振り撒けば、彼女たちは椎名に夢中だ。

川久保に行って来いと背中を軽く押され、俺は武のもとへと走った。

「いらしてたんですね」

「うん……」

真夏の太陽の下だ。武の猫っ毛は汗でぺしゃんこになっている。額から零れる汗を手の甲（こう）で拭うと、絵の具が彼の顔を汚したが、なんだかそれがひどく愛おしかったので言わないでおいた。

武の顎に伝った汗の粒が不思議な色に光り、俺はそれを人差し指でちょんと拭う。武は「カメラに映ってますよ」と困り顔で抗議した。残念ながら、今俺たちは四方八方をカメラと記者に囲まれている。さすがにイチャつける状況じゃない。

「ねぇ、慎吾さん。見えますか?」

武がそう尋ねた声は弾んでいた。大木に実る子どもたちの掌のスタンプは、武の絵の鮮やかさを持って、痛いほど俺の目に突き刺さっている。

「ああ、見えるよ」

俺が言うと、武は歯を覗かせ、にっこりと笑った。

やってみたかったこととは、武の描く色にだけ俺の目が反応するなら、武の色を使えば、子どもたちが描く絵も、ちゃんと俺の目に見えるのではないかということだったのだ。

子どもたちはきゃあきゃあと騒ぎ、笑い、ふざけ合いながら緑に星を重ねていく。計算されていないはずなのに、彼らの星はいくつもの新しい星座を生み、天の川になって流れていくように見えた。

「ほら、慎吾さんも、どうぞ」

「え……っ」

武は筆の先を俺に突き付けてくる。子どもみたいな、悪戯な表情をしていた。

観念して右手を差し出すと、俺の掌は明るく輝く黄色に染められる。

「…………」

武は俺と目が合うと、ふにゃりと気の抜ける笑顔を見せた。その笑顔に、なんだかひどく安心した。

靴を脱ぎ、裸足になって俺も布の上に上がった。はしゃぐ子どもたちを避けながら歩き、木の中央に立ち止まる。

しゃがみこんで、少し迷ったが、ゆっくりと布の上に掌を押し付けた。

手を離せば、子どもたちよりも大きな黄色い星が、俺の掌の下から現れる。ピカピカと光る、武の星だ。

「はは……」

俺の世界はこうして、案外簡単に武の色に染められていくのかもしれない。

立ち上がり、一度目を瞑った。

太陽の光に刺激された眼球を瞼が包むその感覚に、今はそれほど恐怖しない。次に闇が訪れても、今俺の足もとには、黄色い星が輝いていると信じて疑わなかった。

大きく深呼吸をしてから、武を振り返った。

「先生！」

呼びかければ、開いた目に飛び込んで来る武はふにゃりと目尻を下げ、優しい笑顔を見せてくれる。輝く黄色い太陽の下、瑞々しい夏の原っぱの上、心地よい風に武の柔らかな黒髪が揺れている。

あいしてる。

唇の動きだけで、そう伝えた。
離れていても、それは伝わったようで、武は小さくなって照れている。
俺がそれを笑うと、やがて武もはにかむ笑顔を見せ、声を出して笑った。
彼の、日に焼けたそばかすの頬が、ただ愛しかった。
どんな明日が来たって、もう怖くはない。
眩暈のするような、そこは美しい世界だ。

あとがき

こんにちは。千地（せんち）イチです。

秘密を抱えたツンな歌手×優しいお絵かき教室の先生カップルでしたが、いかがでしたでしょうか。弱さを認め合い、どちらが強者ということもなく支え合う。そんな二人を書き終えて、とにかく今はほっとしています。

奈良千春（ならちはる）先生、今回も素晴らしいイラストをありがとうございました。キャララフをいただいた瞬間から、どのキャラにも悶絶させていただきましたが、とにかく武（たけ）のふんにゃりした表情が可愛くて可愛くてたまりません。私は本当に幸せ者です。

担当様、いつもあとがきで謝ってばかりですが、今回も諸々とすみませんでした。また面倒を見てもらえると嬉しいです。

そして多くの作品の中から、本作をお手に取っていただきました読者様、本当にありがとうございました。慎吾の歌声や、武の彩りを、少しでも感じていただけたら幸いです。

千地イチ

Lovers Label

君だけが僕の奇跡

ラヴァーズ文庫をお買い上げいただき
ありがとうございます。
この作品を読んでのご意見・ご感想を
お聞かせください。
あて先は下記の通りです。

〒102−0072
東京都千代田区飯田橋2-7-3
(株)竹書房　ラヴァーズ文庫編集部
千地イチ先生係
奈良千春先生係

2013年8月1日
初版第1刷発行

●著　者
千地イチ ©ICHI SENCHI
●イラスト
奈良千春 ©CHIHARU NARA

●発行者　後藤明信
●発行所　株式会社　竹書房
〒102−0072
東京都千代田区飯田橋2-7-3
電話　03(3264)1576(代表)
　　　03(3234)6246(編集部)
振替　00170-2-179210
●ホームページ
http://bl.takeshobo.co.jp/

●印刷所　共同印刷株式会社
●本文デザイン　Creative·Sano·Japan

ISBN 978-4-8124-9561-2　C 0193